書下ろし

長編時代小説

血闘ヶ辻

闇の用心棒⑨

鳥羽　亮

祥伝社文庫

目次

今戸
能勢の隠れ家
宇津藩抱屋敷
向島
浅草寺
花川戸
東本願寺
雷門
本郷
料亭「一吉」
蔵前
神田川
右京の長屋
両国橋
柳橋
宇津藩上屋敷（本銀町）
隅田川
新大橋
江戸城
宇津藩下屋敷（京橋）
八丁堀
永代橋
深川
南町奉行所
増上寺
北
西
東
南

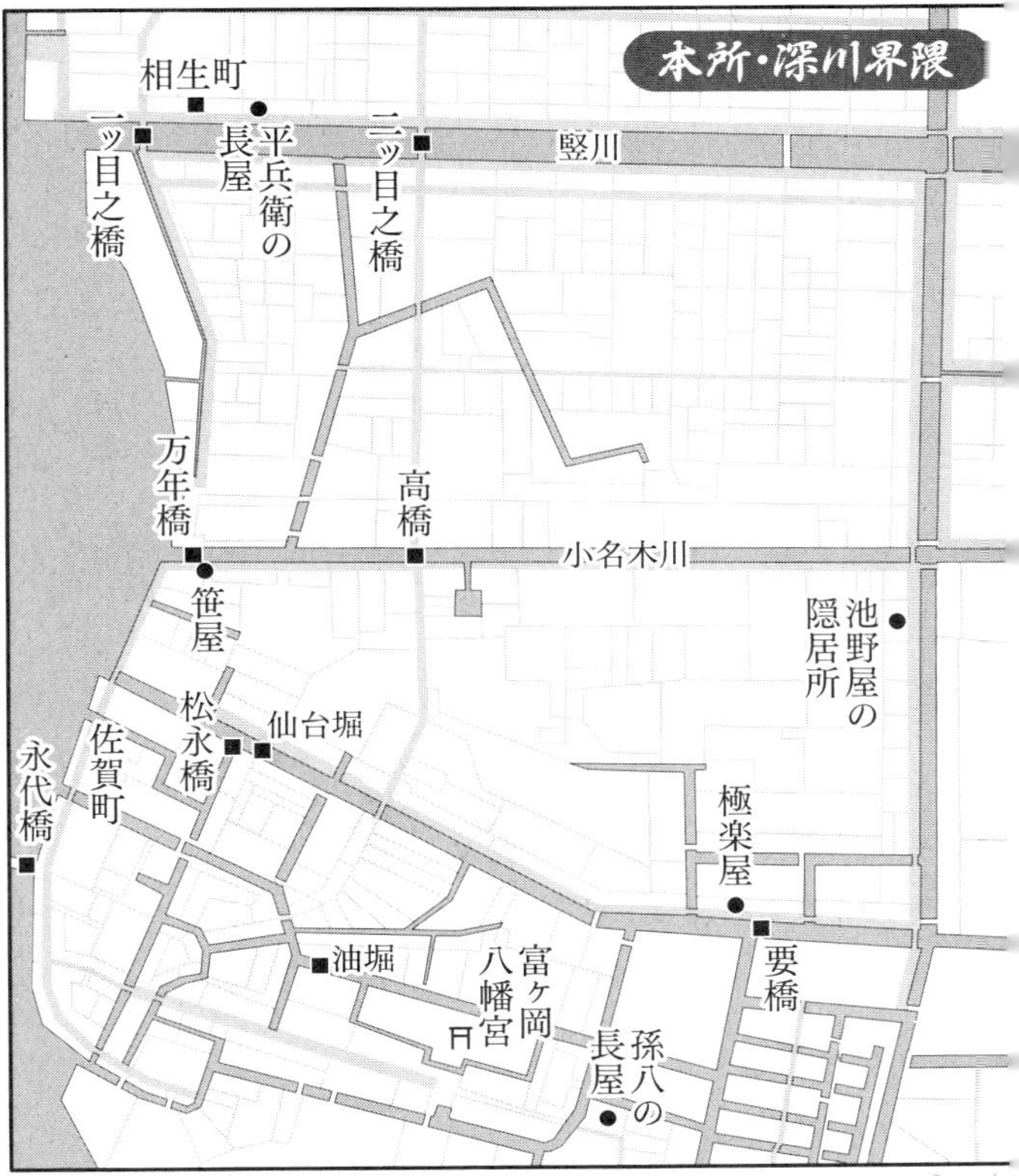
本所・深川界隈
相生町
一ツ目之橋
平兵衛の長屋
二ツ目之橋
竪川
万年橋
高橋
小名木川
笹屋
池野屋の隠居所
松永橋
仙台堀
佐賀町
永代橋
極楽屋
要橋
油堀
富ヶ岡八幡宮
孫八の長屋

「血闘ヶ辻」の舞台

第一章　霞籠手《かすみごて》

1

　大川端《おおかわばた》は薄暗かった。西の空にはまだ残照がひろがっていたが、上空は藍《あい》色に染まり、かすかな星のまたたきも見られた。

　晴れていたが、風があった。大川の川面《かわも》を渡ってきた風が、岸沿いの柳の枝葉を揺らし、ザワザワと音をたてていた。黒ずんだ川面に白波が立ち、無数の縞《しま》模様を刻みながら岸へ寄せてくる。

　ふだんは川面に猪牙舟《ちょきぶね》や艀《はしけ》などが行き交《か》っているのだが、いまは船影もなく、荒涼としていた。

　六ツ半（午後七時）ごろだろうか。大川端沿いの道は人影もなく、風音と汀《みぎわ》に寄せる波音だけが聞こえていた。

武家の使う権門駕籠《けんもんかご》が一梃《ちよう》、両国《りようごく》の方から川下の方へ向かっていく。駕籠をかつぐふたりの陸尺《ろくしやく》の他に藩士らしい男が駕籠の先棒の前にふたり、後方にひとりしたがっていた。

駕籠の主は大名家の重臣であろうか。暗くなる前に藩邸に帰りたいのか、急ぎ足である。

駕籠は薬研堀《やげんぼり》を過ぎていた。通りの右手に、大名の下屋敷や大身の旗本屋敷などがつづき、左手は大川である。

前方に新大橋の橋梁《きようりよう》が濃い暮色のなかに黒く浮き上がったように見えていた。日中は大勢の人が行き来している橋も、いまは濃い暮色につつまれ、人影を見ることはできない。

辻番所の前を過ぎて二町（約二百十六メートル）ほど行ったとき、先棒の前にいた藩士のひとりが、脇の藩士に顔をむけ、

「おい、築地塀《ついじべい》の陰にだれかいるぞ」

と、低い声で言った。大柄で、浅黒い顔をした三十がらみの男である。

見ると、旗本屋敷の築地塀の陰に人影があった。ふたり。いずれも武士体だが、網《あ》代笠《じろがさ》をかぶっていた。小袖に裁着袴《たつつけばかま》、腰に二刀を帯《お》びている。笠で面体を隠し、そ

の場にひそんでいるように見えた。

「通りすがりの者ではないぞ」

もうひとりの武士が言った。瘦身《そうしん》で、顎《あご》のとがった男である。

「油断するな」

と、大柄な武士。

「なに、相手はふたりだ。恐れることはあるまい」

瘦身の男が言った。

そのとき、ふたりの武士が築地塀の陰からゆっくりとした足取りで、通りのなかほどに出てきた。

「この駕籠を狙《ねら》っているようだぞ」

大柄な武士が、駕籠の後方にいる武士にも聞こえるように言った。

駕籠の後方にいた中背の武士が、

「後ろからも来る!」

と、昂《たかぶ》った声を上げた。

どこにひそんでいたのか、半町ほど後方からふたりの武士が、小走りに近付いてくる。前方のふたりと同じように網代笠を深くかぶり、小袖に裁着袴である。

だ。

「駕籠を襲う気だ！」

大柄な武士が声を上げた。

何者であろうか。四人の武士は、駕籠を狙って挟み撃ちにしようとしているようだ。

警固の三人の武士は、顔をこわばらせて駕籠に身を寄せた。陸尺も異変に気付いたらしく、恐怖に顔をゆがめて足をとめた。とめたというより身が竦《すく》んで、駕籠をかついで歩けなかったらしい。

「川岸へ駕籠を寄せろ！」

大柄な男が叫んだ。そして、駕籠を背にして三方に立った。駕籠の後ろから襲われないよう川岸を背にしたらしい。

陸尺が駕籠を地面に下ろすと、駕籠からひとりの武士が姿を見せた。初老だった。鬢《びん》や髷《まげ》が白髪《しらが》混じりである。その顔がこわばっていた。身分のある武士らしく、拵《こしら》えのいい羽織袴姿だった。

「安藤《あんどう》さま、狼藉者《ろうぜきもの》です」

大柄な武士が言った。どうやら、この男が駕籠の従者のなかの宰領《さいりよう》らしい。

「坪内《つぼうち》、何者だ」

安藤と呼ばれた初老の武士が訊《き》いた。

「何者かはしれませぬ。ともかく駕籠の後ろへ」

坪内がうわずった声で言った。

前後から来る四人の武士は、間近に迫っていた。

そのとき、ヒイイッ！　と喉《のど》の裂けるような悲鳴を上げて、ひとりの陸尺が逃げだした。すると、もうひとりの陸尺も、その場から駆けだした。斬り合いに巻き込まれるのを恐れたらしい。

前後から近付いてきた四人の武士のうちひとりが、逃げる陸尺を追った。始末する気らしい。他の三人が駕籠を取りかこむように向かってくる。

三人の武士は、刀の柄に右手を添えていた。顔は見えなかったが、三人の男たちの身辺には殺気がただよっている。

「安藤久左衛門《きゅうざえもん》と知っての狼藉か！」

安藤が甲《かん》走った声で言った。

「問答無用」

正面にまわり込んできた中背の武士が、低い声で言った。

肩幅がひろく、胸が厚かった。武芸の修行で鍛《きた》えた体らしく、どっしりと腰が据わっている。

その武士の右手にいた長身の武士が、

「お命、頂戴《ちょうだい》いたす！」

と声を上げ、いきなり抜刀した。

つづいて、正面の武士が抜き、他のひとりも抜いた。三人の刀身が夕闇のなかで銀色《しろがねいろ》ににぶくひかっている
「安藤さまをお守りしろ！」

坪内が叫びざま刀を抜いた。つづいて、駕籠を守っているふたりの武士も抜刀した。

「おぬしの相手は、おれだ」

正面に立った中背の武士が、坪内の前にまわり込んできた。

構えは下段だが、刀身がやや高く、切っ先が坪内の膝頭のあたりにつけられていた。遣い手らしく、ゆったりとした構えで体が大きく見える。

「狼藉者め、返り討ちにしてくれる！」

言いざま、坪内は青眼に構えた。

坪内の切っ先は、敵の目線につけられている。坪内もなかなかの手練《てだれ》らしい。構え

に隙《すき》がなく、腰も据わっている。

他の者たちの間でも、戦いが始まったらしく、風音のなかに激しい気合や怒号がひびいた。戦いは、襲撃者たちの方に利がありそうだった。陸尺を追った武士もくわわり四人になった襲撃者に対し、駕籠を守る武士は三人である。それに、襲撃者四人は、いずれも遣い手らしかった。

2

坪内と中背の武士の間は、およそ三間（約五・五メートル）。まだ、斬撃の間境《まざかい》の外である。

中背の武士が、足裏を擦《す》るようにして間合をつめ始めた。下段に構えた刀身が、夕闇を切り裂きながら坪内に迫っていく。

坪内は動かない。背を駕籠に寄せたままである。安藤を守るためにその場から離れられないこともあったが、異様な威圧を感じて動けなかったのである。

中背の武士の構えには、下から突き上げてくるような威圧があった。坪内は蛇《へび》に睨《にら》まれた蛙《かえる》のように恐怖で身が竦んでいたのだ。

イヤアッ！

突如、坪内が裂帛《れつぱく》の気合を発した。敵を威圧するとともに、己を鼓舞し、竦んだ体を解放するためである。

だが、中背の武士はすこしも動揺しなかった。体も刀身も、まったく揺れなかった。切っ先が坪内の膝頭へピタリと付けられている。

ふいに、中背の武士の寄り身がとまった。一足一刀の間境の半歩手前である。

……どうくる！

坪内は敵の太刀《たち》筋を読もうとした。

下段から踏み込みざま逆袈裟《げさ》に斬り上げてくるか。切っ先で、坪内の刀身をはじき上げ、二の太刀で斬り込んでくるか――。いずれにしろ、敵が動いた瞬間をとらえて袈裟に斬り込むつもりだった。

ふいに、敵の切っ先が一尺ほど前に出た。

刹那《せつな》、敵の全身に斬撃の気がはしり、体がふくれ上がったように見えた。

……くる！

察知した坪内は、踏み込みざま袈裟に斬り込もうとした。

刹那、敵の体が飛鳥のように躍動した。

迅《はや》い！

坪内には、敵の太刀筋がまったく見えなかった。

と、坪内の右腕に焼《や》き鏝《ごて》をあてられたような衝撃がはしった。次の瞬間、右の前腕がだらりと垂れ、血が噴いた。

坪内の手にした刀が足元に落ちている。

……籠手《こて》を斬られた！

と、坪内は察知し、咄嗟《とっさ》に後ろへ跳んで逃れようとした。

その瞬間、視界の端に稲妻《いなずま》のような閃光がはしり、首筋から血飛沫《ちしぶき》が飛び散った。

……二の太刀で首を斬られた！

坪内の頭のどこかで、そう思ったのが最期だった。目の前が真っ暗になり、意識が消えた。坪内は自分が倒れたことすら知らなかった。

中背の男の網代笠が、血飛沫を浴びて真っ赤に染まっていた。男はその笠の先に手をかけてすこし上げ、仲間たちの戦いに目をむけた。中背の男は、鼻梁が高く薄い唇をしていた。切れ長の細い目である。

襲撃した三人の男は、駕籠の警固のふたりを圧倒していた。警固のひとりは、すでに敵刃を浴びたらしく、血まみれになって路傍《ろぼう》にうずくまっていた。もうひとりは、まだ抵抗していたが、ふたりの男に切っ先をむけられ、大川端の岸近くに追いつめられている。顔がひき攣《つ》り、手にした刀が震えていた。恐怖で体が顫《ふる》え、構えることもままならないらしい。

中背の男は駕籠の後ろにいる安藤に目をむけ、

「安藤、そこもとの番だな」

と、くぐもった声で言い、駕籠の脇から安藤の前にまわり込んできた。駕籠の主が安藤であることを承知して襲ったらしい。

「ま、待て！　うぬら、何が望みだ」

安藤の声も震えていた。恐怖と興奮からであろう。

「望みはそこもとの命……」

中背の男は、下段ではなく低い青眼に構えて間をつめ始めた。切っ先が安藤の胸のあたりにつけられている。

「よ、よせ！」

言いざま、安藤は反転した。その場から逃げだそうとしたのである。

瞬間、中背の男が踏み込みざま、刀身を横に一閃させた。一瞬の太刀捌《さば》きである。

にぶい骨音がし、安藤の首が前にかしいだ。

次の瞬間、安藤の首筋から血が勢いよく噴出した。中背の男の一撃が、後ろから安藤の首筋を頸骨《けいこつ》ごと截断《せつだん》したのである。

安藤は首筋から血を驟雨《しゅうう》のように撒《ま》き散らしながらよろめき、腰から沈むように転倒した。

安藤は地面に俯《うつぶ》せになったまま動かなかった。顔がねじれたように横を向いている。首筋から流れ出た血が地面に滴《したた》り落ちていた。

「たあいもない」

そう言った男の口元からかすかに白い歯が覗《のぞ》いた。嘲笑《ちょうしょう》を浮かべたらしい。

そこへ、三人の男が歩み寄ってきた。ひとりの男の網代笠が血に染まり、もうひとりの男の胸のあたりが、返り血で赤く染まっていた。ふたりの警固の藩士を斃《たお》したらしく、他に立っている人影はなかった。

「始末がついたな」

大柄な男が、低い声で言った。

「坪内は、もうすこし遣えると思ったのだがな」

そう言うと、中背の男は安藤の袖口で刀身を拭《ぬぐ》って納刀した。

「こいつらどうする」

もうひとりの痩身の男が、倒れている死体に目をむけて訊いた。

すでに辺りは夜陰につつまれ、そう思ってみなければ死体かどうかさえ分からないだろう。ただ、通りのなかほどに横たわっている者もいるので、通りかかった者が気付いて騒ぎたてるかもしれない。

「道のなかほどに倒れているやつが、邪魔だな」

中背の男がそう言うと、

「岸近くに引き摺《ず》り込んでおけ」

と、大柄な男が指示した。どうやら、大柄な男が四人のなかでは頭格らしい。

それから、四人の男は通りに横たわっていたふたりの死体を川岸近くに運んだ。

「長居は無用」

大柄な男が声をかけ、四人の男はその場から小走りに立ち去った。

陸尺をくわえ川岸近くに横たわった六人の死骸《しがい》は夜陰につつまれ、その輪郭《りんかく》さえ識別できなかった。川風に流れる血の匂いだけが、惨劇を物語っている。

3

安田平兵衛《やすだへいべえ》は踏《ふ》まえ木から左足をはずすと、刀身を手にしたまま立ち上がり、腰を伸ばした。歳のせいか、長く研《と》いでいると腰が痛むのだ。踏まえ木は砥石《といし》を押さえるもので、刀を研ぐおりに使う木片である。

平兵衛は刀の研ぎ師だった。もっとも、長屋住まいの身で、研ぎ師としては名もなく、滅多に刀の研ぎの依頼もない。仕事のないときは、長屋の女房連中に頼まれて包丁を研いだり、やくざ者が持ち込んでくる刃の欠けた匕首《あいくち》を研いだりもする。

平兵衛は刀身に浮いた砥石と錆《さび》の汚れを布で綺麗に拭《ふ》き取った。そして、朝陽を映して明らんでいる表の腰高障子《こしだかしょうじ》の方へかざして見た。

……思ったとおり、なかなかの刀だ。

平兵衛はつぶやいた。

いま研いでいるのは、近くに住む青谷島次郎《あおたにしまじろう》という御家人が持ち込んだ刀である。青谷は、「錆びているが、捨てるのは惜《お》しいので暇なときに研いでみてくれ」と言って、置いていったのだ。

預かった刀は、古い白鞘に入っていた。茎《なかご》を見ると銘は切ってない。無銘である。それでも刀身の錆を落としてみると、鈍刀ではないようだった。地肌《じはだ》は細かい梨子地《なしじ》肌《はだ》で澄《す》んでいたし、刃文は焼幅《やきはば》の細い直刃《すぐは》だが、品位があった。

平兵衛が、もう一研ぎするつもりで研ぎ桶を前にして腰を下ろしたとき、戸口に近付いてくる下駄の音が聞こえた。表の方へ目をむけると、腰高障子に人影が映っている。長屋の者が来たらしい。

「安田の旦那、いますか」

女の声がした。長屋の斜向《はす》かいに住むおしげという女である。

平兵衛の住む長屋は、本所相生町《ほんじょあいおい》にある庄助店《しょうすけだな》だった。平兵衛の女房のおよしは、十年以上前に流行病《はやりやまい》で死に、その後は一人娘のまゆみとふたりで暮らしてきた。そのまゆみも、三年ほど前に片桐右京《かたぎりうきょう》という牢人《ろうにん》と所帯を持って長屋を離れていた。いま、平兵衛は独《ひと》り暮らしである。

平兵衛は還暦《かんれき》を過ぎた老齢だった。皮膚《ひふ》には老人特有の肝斑《しみ》が浮き、白髪混じりの鬢や髷はくすんだような灰色をしている。

「入ってくれ」

平兵衛は、手にした刀を脇に置いて腰を上げた。

腰高障子があいて、おしげが顔を見せた。おしげも寡婦《かふ》で、やはり長屋の独り住まいだった。五年ほど前、ぼてふりだった亭主の磯造《いそぞう》が病で死に、その後はおまきという娘とふたりだけで暮らしていたが、おまきは平兵衛の娘のまゆみと同じころに小体《こてい》な下駄屋に嫁《とつ》いだのだ。

おまきは嫁ぎ先の暮らしが落ち着いてくると、母親を引き取りたいと言い出したが、おしげは断ったらしい。娘の嫁ぎ先で窮屈《きゅうくつ》に暮らすより、長屋の気ままな暮らしを望んだのである。それに、おしげには、娘も母親を引き取ったのでは肩身が狭いだろうとの思いがあったのだ。

おしげは、近所の一膳めし屋に小女として働きに出ていた。ただ、それだけでは足りず、娘の嫁ぎ先からの合力《ごうりき》もあるらしい。

独りで暮らすようになったおしげは、何かに事寄せては、平兵衛の家へ顔を出すようになった。独り暮らしの寂《さび》しさをまぎらすためだったが、平兵衛と境遇がそっくりだったことも親近感を抱かせたようだ。

「食べるかい」

おしげは、持ってきた丼《どんぶり》を上がり框《かまち》に置いた。

見ると、ひじきと油揚げの煮染《にしめ》が入っている。おしげは、男やもめの平兵衛に、余り物の煮染やめしなどをよくとどけてくれた。

「煮染か。ありがたい」

平兵衛は目を細めた。おしげの作る煮染は、ことのほかうまかったのだ。

「茶でも淹《い》れようか」

平兵衛はそう言ったが、湯が沸いてなかったので、手間がかかるはずである。

「いいのよ。いま、飲んできたところだから」

おしげはそう言って、上がり框に腰を下ろした。おしげは、竈《へっつい》にも火鉢の鉄瓶にも湯がないらしいことを見てとっていたのである。

「旦那、知ってるかい」

おしげが声をあらためて言った。

「何のことだ?」

平兵衛は、おしげが何を言おうとしているのか分からなかった。

「日本橋の大川端で、大勢ひとが斬り殺されているそうだよ」

おしげの声には、うわずったひびきがあった。

「大勢というと、何人ほどだ」

平兵衛の物言いは長屋に住む町人たちとはちがっていた。武家言葉だった。刀の研ぎ師として長屋暮らしを始める前までは、牢人だったからである。おもて向きは、剣術の町道場の代稽古《だいげいこ》などをして暮らしてきたことになっていたのだ。

「お侍が四人、それに駕籠舁《か》きがふたりも」

「六人か」

大勢だった。

「それも、みんな斬られているらしいよ」

おしげが口早にしゃべったところによると、今朝、長屋に来たぼてふりが話し、長屋の男たちが何人か様子を見にいったという。

日本橋の大川端は本所相生町から川向こうにあたるが、両国橋を渡ればそれほど遠くはない。

「身分のあるお侍らしく、駕籠もそばに置いてあるそうだよ」

さらに、おしげが言った。

「わしも、様子を見てくるかな」

平兵衛は立ち上がった。

武士が四人も斬殺されたとなると、追剝《は》ぎや辻斬りの仕業《しわざ》ではないだろう。旗本か大名家の騒動かもしれない。一見しておく価値はありそうだ、と平兵衛は思ったのだ。

「様子を見てきたら、話しておくれ」

おしげも腰を上げた。さすがに、自分も行くとは言わなかった。

平兵衛は刀を研ぐおりに着用している紺の筒袖《つつそで》に軽衫《かるさん》姿で家を出た。小柄ですこし背がまがっている。いかにも頼りなげな老爺《ろうや》である。

陽射しは高かった。五ツ半（午前九時）ごろであろうか。平兵衛は竪川《たてかわ》沿いの通りへ出ると、両国橋の方へ足をむけた。

4

大川の岸近くに人だかりができていた。通りすがりの町人たちに混じって、供連れの武士の姿もあった。近くに大名の藩邸や旗本屋敷があるせいであろう。

人垣に近付くと、なかほどに八丁堀《はっちょうぼり》同心の姿が見えた。黒羽織を帯に挟む巻き羽織と呼ばれる独特の格好をしているので、すぐに町方同心と知れるのである。同心のそばには、岡っ引きや下っ引きと思われる男たちも集まっていた。いずれの顔もこわ張っている。大勢斬り殺されているせいであろう。

平兵衛は、人垣の後ろについたが、死体は見えなかった。肩越しに身分のある武士の乗る権門駕籠が見えるだけである。

そのとき、大工らしい男がふたりその場を離れたので、

「ごめんなさいよ」

そう言って、平兵衛は人垣のなかに割り込んだ。せっかくここまで足を延ばしてきたからには、死体を拝《おが》んでおきたかったのである。

八丁堀同心の足元にひとり、すこし離れた駕籠の脇に別の男がひとり、横たわっているのが見えた。

同心の足下に仰臥《ぎようが》している大柄な武士は、首から上半身にかけてどす黒い血に染まっていた。首を刎《は》ねられ、頸骨まで截断されたらしく、顔が奇妙な格好で横を向いていた。

……右手も斬られている！

平兵衛は、仰臥している男の右腕が皮肉だけを残し、骨ごと截断されているのを見て取った。刀は別の場所に落ちている。

大柄な武士は、初太刀で右手を截断され、二の太刀で首を斬られたのであろう、と平兵衛は読んだ。

武士を斬った相手の太刀筋を思い描いたとき、平兵衛の脳裏《のうり》にある男の顔がよぎった。

……まさか、籠手斬り甚内《じんない》ではあるまいな。

名は鹿内《しかうち》甚内。一匹狼の殺し人だった。籠手斬りが得意で、籠手斬り甚内と呼ばれて、恐れられた男である。

五年ほど前のこと、平兵衛は甚内の殺しを依頼され、本所の大川端で立ち合ったことがあった。

平兵衛はおもて向き刀の研ぎ師ということになっていたが、その実、江戸の闇世界では人斬り平兵衛と呼ばれて恐れられている殺し人であった。

平兵衛は甚内と立ち合い、斬っていた。ただ、殺したかどうかはっきりしなかった。平兵衛が斬り込んだおり、甚内は足をすべらせて大川に落ちたのだ。平兵衛のふるった刀が、甚内の肩口をとらえた重い手応えはあった。だが、致命傷を与えたかどうか分からなかった。その後、甚内の死体は大川から揚《あ》がらず、行方《ゆくえ》も知れぬままいまに至っていたのである。

……他の死骸《ほとけ》を見てみよう。

右腕が斬られたことだけで、甚内と決め付けるわけにはいかなかった。それに、武士が四人も斬殺されているのだ。ひとりの仕業とは思えなかった。下手人は何人かいるはずである。

　平兵衛は駕籠に近付き、脇に横たわっている武士に目をむけた。仰向けに倒れていた。こちらも首を斬られていた。顔がねじれたように横をむいている。首から胸のあたりが血まみれである。周囲にも血が飛び散っていた。右腕は斬られていなかった。

　下手人は手練らしいが、甚内ではないだろう。

　……この男が、駕籠の主らしい。

　と、平兵衛は思った。

　初老である。鬢や髷に白髪が目だった。上物の羽織袴姿だった。腰に差している脇差の柄《つか》も、鮫皮《さめがわ》を使った拵《こしら》えのいいものである。

　大名家の重臣であろう、と平兵衛は思った。とすると、斬られた他の三人は駕籠に同行した警固の家臣かもしれない。

　平兵衛は斬殺された他のふたりにも目をむけた。ひとりは袈裟に斬られ、もうひとりは胸を突かれていた。いずれも、刀で仕留められたようだ。右腕を斬られた様子はない。さらに、ふたりの陸尺の死体も見たが、ふたりとも刀で斬殺されたものだった。おそらく、数人の武士で駕籠を襲い、逃げる陸尺を斬り、警固の三人と駕籠の主を斬殺したのであろう。

そのとき、人垣のなかでざわめきが起こった。つづいて、前をあけろ、という声がひびき、人垣が左右に分かれた。

人垣の間から姿を見せたのは、藩士らしい一団だった。七、八人いる。陸尺のかつぐ二挺の駕籠を同行していた。

人垣のなかにいた武士の間から、宇《う》津《づ》藩の者だ、死体を引き取りにきたらしいぞ、陸奥国《むつのくに》だ、などという囁《ささや》きが聞こえた。どうやら、斬殺された者たちは宇津藩の家臣らしい。姿を見せたのも同藩の者たちであろう。

平兵衛は、宇津藩が陸奥国にある五万三千石の外様《とざま》大名であることは知っていたが、藩主の名も思い出せなかった。

武士集団のなかの頭格らしい壮年の武士が、八丁堀同心に近付いて話し始めた。おそらく、死体を引き取る旨《むね》を伝えているのであろう。ふたりの会話は聞こえなかったが、壮年の武士が、率いてきた武士たちに何か指示した。すると、武士たちは陸尺にも手伝わせて、死体を駕籠へ運び始めた。

町方同心は、死体を引き取ることを承諾したようだ。もっとも、武士は町方の支配ではなかったので、町方同心としても承知せざるを得なかったのであろう。ただ、六人の死体となると、二挺の駕籠では乗せきれないはずだ。何度か運ぶことになるのだろう。

ふと、平兵衛は背後に近付く人の気配を感じた。振り返ると、朴念《ぼくねん》が立っていた。朴念も殺し人である。

朴念は異風だった。三十がらみ、坊主頭でふだんは道服のような衣装を身につけている。衣類にはまるで頓着《とんちゃく》なく、着たきりなので所々穴があいていて、襟元や袖口は垢《あか》で黒光りしていた。

巨漢の主で、全身が鋼《はがね》のような筋肉でおおわれている。怪物のような風体だが、初対面の相手にも怖がられるようなことはなかった。ひょうきんな顔付きのせいかもしれない。丸顔で、糸のように細い目をしていた。小鼻の張った大きな鼻をし、いつもニタニタ笑っている。

朴念という名も変わっているが、むろん本名ではない。

朴念は甲州《こうしゆう》街道の勝沼《かつぬま》宿近くの水呑み百姓《びやくしよう》の次男だった。名は亀助《かめすけ》。

亀助は食うために、子供のころから勝沼宿に人足として働きに出ていたが、十五、六のころ、街道を通りかかった武芸者が手甲鈎《てつこうかぎ》を遣い、三人の雲助《くもすけ》をまたたくまに斃したのを見て、懇願《こんがん》して弟子になったようだ。

その武芸者に、おまえは朴念仁《ぼくねんじん》だと言われ、その後、朴念と名乗っているそうである。また、頭を丸めたのは、旅をつづけるのに都合がよかったからだ。寺に泊めてもらうのに都合がよかったし、飢《う》えたときは托鉢《たくはつ》もできたのである。

「安田の旦那、お久し振りで」

朴念が平兵衛の後ろへ立って、ニタリと笑った。

そういえば、朴念と顔を合わせたのは三月《みつき》ほど前である。

「六人も殺されているぞ」

平兵衛が小声で言った。

「殺《や》ったのは、四人らしいですぜ」

「よく分かるな」

「見てたやつがいたようで」

朴念の話によると、通りかかった夜鷹《よたか》そば屋の親爺《おやじ》が、遠くから目撃していて、そのときの様子を岡っ引きに話しているのを耳にしたのだという。

「四人で、六人を仕留めたのか」

そうなると、大勢で取り囲んで仕留めたのではないようだ。

「そうなりやす」

朴念がもっともらしい顔をして言った。

「襲った四人は、遣い手のようだな」

陸尺は別にしても、四人の武士のほとんどが一太刀で始末されているのだ。

「殺し人かもしれねえ」

朴念が平兵衛の耳元に顔を寄せて、小声でささやいた。

「どうかな」

殺し人はひとりで動くことが多かった。四人もで組んで、大名家の家臣を襲うとは思えなかったのだ。

「もっとも殺しなら、これだけのでけえ仕事だ。おれたちの耳にとどかねえはずはねえな」

朴念はまたニタリと笑った。

そんなやり取りをしている間に、宇津藩の家臣たちは死体を駕籠に乗せ終え、壮年の武士にしたがってその場を離れていった。

すると、人垣がくずれ、ひとり去りふたり去りして、集まっていた野次馬たちの姿も急にすくなくなった。

「帰るぞ」

平兵衛も、きびすを返した。

「旦那、そのうち極楽屋《ごくらくや》で一杯やりやしょう」

そう言い残し、朴念もその場から離れた。

極楽屋とは、平兵衛や朴念たち殺し人の元締めである島蔵《しまぞう》がひらいている一膳めし屋である。ただ、近所の者や島蔵を知っている者は、極楽屋ではなく地獄屋《じごくや》と呼んでいた。島蔵が地獄の閻魔《えんま》のような顔をしていた上に、極楽屋に出入りする者が一癖《くせ》も二癖もありそうな連中ばかりだったからである。

5

平兵衛は仕事場で刀を研いでいた。仕事場といっても、長屋の八畳一間の一角を板張りにし、屏風《びょうぶ》でかこっただけのものである。その広さは三畳ほどで、残りの五畳が寝間であり、居間であった。ただ、独り暮らしの平兵衛には、十分な広さである。

七ツ（午後四時）を過ぎているだろうか。陽は家並の向こうにまわったらしく、仕事場も薄暗くなっていた。

平兵衛が刀を研いでいると、戸口に人の近付く気配がし、コトッ、とちいさな音が土間で聞こえた。

平兵衛が首を伸ばして、屛風越しに土間を覗くと紙片のような物が落ちていた。だれか、障子の破れ目から投げ込んでいったようだ。

……島蔵からの知らせか。

平兵衛は研ぎかけの刀身を脇に置いて立ち上がり、土間へ下りて紙片を拾った。投げ文だった。畳んである紙片をひらいてみた。

――十八夜、笹《ささ》。

記《しる》してあるのは、それだけだった。

島蔵からの殺しの依頼である。十八は、四《じ》、五《ご》、九《く》。また、笹は、島蔵が殺しの依頼でよく使う笹屋というそば屋のことである。殺し人だけに通じる符丁だった。つまり、今夜、笹屋で、島蔵から殺しの話があることを意味していた。

……行かねばなるまい。

平兵衛は胸の内でつぶやいた。

暮れ六ツ（午後六時）ちかくになってから、平兵衛は長屋を出た。笹屋は小名木川《おなぎがわ》にかかる万年橋《まんねんばし》のたもとにあった。庄助長屋からも遠くはない。

平兵衛は笹屋の店先に立つと、左右に目を配ってから暖簾《のれん》をくぐった。尾《つ》けられていないか、確かめたのである。

「旦那、いらっしゃい」

声をかけたのは、女中のお峰《みね》だった。お峰は平兵衛と顔見知りだったのである。ただ、平兵衛が腕の立つ殺し人などとは思ってもみなかった。

「みなさん、お見えですかね」

平兵衛は穏やかな物言いで訊いた。

平兵衛や島蔵たちは俳句好きで、句会のために集まるという触れ込みだったのだ。

「はい、みなさんお揃《そろ》いですよ」

「すこし遅れたかな」

平兵衛は、上がらせてもらうよ、とお峰に声をかけ、階段を上った。殺しの密談をするときは、二階の奥の座敷と決まっていたのだ。

笹屋のあるじの松吉《まつきち》は島蔵の息のかかった男で、何かと便宜《べんぎ》をはかってくれた。むろん、殺しの密談に使われていることも承知している。

二階の座敷の障子をあけると、松吉の他に六人の男が座っていた。

殺し人の元締めの島蔵。

殺し人が三人。牢人の片桐右京、自称僧侶の朴念、屋根葺《ふ》き職人の孫八《まごはち》。手引き人が二人。極楽屋の板場を手伝っている嘉吉《かきち》、新しく手引き人にくわわった俊造《しゅんぞう》。

六人とも、平兵衛の殺しの仲間といっていい。

なお、手引き人は殺し人と組んで、狙った相手の塒《ねぐら》をつきとめたり、動向を探ったりする。いわば、殺し人が実行しやすくするためにお膳立てをする役である。

「安田の旦那、ここへ座ってくれ」

島蔵が、あいている座布団を指差した。まだ、酒肴《しゅこう》の膳は用意してなかった。

平兵衛が腰を下ろすのを見てから、島蔵は脇にひかえていた松吉に、酒の用意をしてくれ、と頼んだ。

「すぐに、運びますよ」

そう言い残して、松吉は座敷を出ていった。

「話は、一杯やってからにしやしょう」

島蔵が一同に視線をまわして言った。

島蔵は一膳めし屋のかたわら口入れ屋もやっていた。ただ、それは表の顔で、裏では殺しの仕事を請《う》け負《お》っていたのである。

本所、深川《ふかがわ》、浅草界隈《あさくさかいわい》の闇の世界では、「殺しなら、地獄屋の閻魔に頼め」とひそかに言われていた。地獄屋は極楽屋の裏の呼び方で、閻魔は島蔵のことである。島蔵は、赤ら顔で牛のように大きなギョロリとした目をしていた。その風貌《ふうぼう》が閻魔に似ていたのだ。島蔵はすでに五十代半ばだが、大柄な上に活力に満ちていた。まさに、地獄を支配する閻魔のような男である。

いっとき待つと、松吉とお峰が酒肴の膳を運んできた。六人の男たちの前に膳が並べ終わり、松吉とお峰が去ると、

「勝手に、やってくれ」

そう言って、島蔵は手酌で自分の猪口《ちょこ》に酒をついだ。

平兵衛たちも手酌でつぎ、いっとき喉をうるおすと、

「殺しの話ですかい」

と、朴念が切り出した。

「そうだ。ちょいとでけえ話でな。みんなに集まってもらったわけだ」

島蔵が大きな目で一同を見まわしながら言った。

「でけえ話だと?」

朴念が猪口を手にしたまま身を乗り出した。島蔵が、でけえ話だ、などと口にする

のはめずらしいことだった。

平兵衛や右京は黙ったまま、島蔵と朴念のやり取りを聞いている。

「相手は四人だ」

「四人だと」

朴念が目を剝《む》いた。

「しかも、武士だ。……五日前、日本橋の大川端で、宇津藩の家臣が四人、それに駕籠舁きがふたり殺されたのを知ってるかい」

島蔵が平兵衛たち殺し人に目をやりながら訊いた。

「知ってるぜ。おれと、安田の旦那は、殺された場所で死骸《ほとけ》を拝んできたぜ」

朴念が言うと、平兵衛もうなずいた。

「その六人を殺した下手人が四人、そいつらを斬って欲しいそうだ。……依頼人は名は聞いてねえが、宇津藩のお方だそうだ」

「元締め、四人の下手人がだれか分かっているのか」

平兵衛が訊いた。そのとき、平兵衛の脳裏に鹿内甚内のことがよぎったのである。

「いや、分かってねえようだ」

島蔵が言った。

「まさか、元締めの許《もと》に宇津藩の家臣が訪ねてきたわけではあるまい」

右京が低い声で訊いた。

右京は、ほとんど表情を動かさなかった。面長《おもなが》で端整な顔立ちをしているが、憂いを含んだような翳《かげ》が張り付いていた。歳は二十代後半、長屋住まいの牢人である。

右京は微禄《びろく》の御家人の次男坊に生まれ、兄が嫁をもらったとき居辛《いづら》くなって家を出たのだ。牢人として長屋住まいをしていたが、口を糊《のり》するために殺しに手を出すようになった。そして、平兵衛と知り合い、庄助長屋に出入りするうち、まゆみと知り合って所帯を持ったのである。右京にとって、平兵衛は義父ということになる。

「おれのところにこの話を持ってきたのは、肝煎屋《きもいりや》だ」

島蔵が言った。

肝煎屋吉左衛門《きちざえもん》のことである。吉左衛門は肝煎屋とかつなぎ屋とか呼ばれる殺しの斡旋人《あっせんにん》だった。表向きは、柳橋《やなぎばし》で一吉《いちよし》という料理屋をいとなんでいた。

依頼人も元締めも、殺しにかかわったことを秘匿《ひとく》せねばならない。そのため、依頼人が直接極楽屋に来て島蔵に殺しの話をするようなことはしないのだ。依頼人は客として一吉に顔を出し、吉左衛門と会って殺しを頼むのである。

6

「殺る前《めえ》に、あっしらで相手を探し出すんですかい」

孫八が訊いた。相手の塒をつきとめるのは、手引き人の仕事だった。孫八は手引き人も兼ねていたのである。

「そういうことになるな」

島蔵が言った。

「元締めの言うとおり、でけえ仕事だぜ。依頼人は大名の家臣で、しかも殺す相手は四人だ」

そう言って、朴念はグビリと酒を飲んだ。

「その代わり殺し料は、奮発するそうだよ」

島蔵が言うと、

「いくらだい」

即座に、朴念が訊いた。

「ひとり頭、二百だ」

「二百両だと！　四人で、八百両か」

朴念が目を剝いた。

孫八と俊造も驚いたような顔をしている。だが、平兵衛と右京はほとんど表情を変えなかった。

むしろ、平兵衛はすくないと思ったのである。相手は四人で、いずれも腕の立つ武士らしい。しかも、名も分からない者たちを探し出して斬らねばならないのだ。町方でも、下手人をつきとめるのはむずかしいだろう。

「元締め、依頼した宇津藩の者にも、相手は分かっていないのか」

右京がくぐもった声で訊いた。

「いや、肝煎り屋の話だと、下手人の見当はついてるらしい。ただ、隠れ家は分かってないようだ」

「下手人も、宇津藩の者か」

さらに、右京が訊いた。

下手人は追剝ぎや辻斬りの類《たぐ》いではない、と右京は読んだのであろう。となると、お家騒動にからんだ暗殺の可能性が高いのだ。

「おれは何も聞いてねえが、依頼を受けるなら宇津藩の依頼人が直接会った上で事情を話すそうだよ。……おれが睨んだところでは、どこの馬の骨か知れない相手に、お家の事情を話すわけにはいかないということらしいな」

島蔵が渋い顔をして言った。

「仕方あるまい。相手は、大名家だからな。よほどの事情がなければ、殺し人などに話をもってこないはずだ。……それに、直接会って話すということは、おれたちが信用できる相手かどうか確かめるためだろうな」

平兵衛は、ただの殺しの依頼ではないような気がした。よほどの事情があるとみていい。そうでなければ、大名家から得体《えたい》の知れない殺し人などに話がくるはずはないのだ。

「下手をすると、会ってから、おれたちには頼めねえということになるんですかい」

孫八が口をはさんだ。

「そうなるかもしれねえ」

島蔵が苦虫を噛み潰したように顔をしかめた。

「おれは、やってもいい」

右京が静かな声で言った。

島蔵をはじめ男たちの目が、右京の顔に集まった。右京は表情も変えず、手にした猪口をかたむけている。

つづいて口をひらく者はいなかった。いっとき座は妙な沈黙につつまれたが、

「わしもやる」

と、平兵衛が言った。

これまでの殺しとは様子がちがうこともあったが、平兵衛は甚内のことが頭にあり、他の殺し人にはまかせられない気になったのだ。それに、宇津藩が四人の殺しを得体の知れぬ殺し人に依頼した理由も知りたかった。

「安田の旦那が、先に引き受けるとはめずらしい」

島蔵が平兵衛に目をむけて言った。

これまで、平兵衛は仲間の者に殺しの仕事をゆずって、自分ではなかなか手を出さなかった。それというのも、平兵衛は殺しにかかるときはことのほか慎重で、相手が斬れると確信できるまで手を出さなかったのだ。

平兵衛は、これまで多くの殺し人の死を見てきた。殺し人のちょっとした油断や驕《おご》りが、命取りになったのだ。平兵衛の臆病《おくびょう》と思えるほどの慎重さが、老いるまで殺し人をつづけてこられた秘訣《ひけつ》でもあった。

「相手が四人では、わしも引き受けないわけにはいくまい」

平兵衛はそう言ったが、心の内はちがっていた。

相手四人のなかに甚内がいるなら、自分の手で斬らねばならないと思ったのだ。五年前に受けた殺しの依頼をまだ果たしてないことになるからだ。それに、ひとりの剣客として籠手斬り甚内と勝負を決したい気持ちもあった。

「安田の旦那がやるなら、おれもやるぜ」

朴念が声を大きくして言った。

すると、孫八、嘉吉、俊造もうなずいた。

「これで決まりだな」

そう言って、島蔵が満足そうな顔をした。

それで、ひとまず話は済んだが、しばらくして、

「宇津藩の者とは、いつ会うのだ」

と、平兵衛が訊いた。

「明日にでも、一吉に足を運んで吉左衛門に話してみるつもりだ」

島蔵によると、吉左衛門を通して宇津藩の者から話があるはずだという。

「まァ、場所は一吉だろうな」

島蔵が言い添えた。

「宇津藩は、吉左衛門と何かつながりがあるのか」

「吉左衛門の話によると、宇津藩の家臣が何度か客として一吉を使ったことがあるそうだが、おれも詳しいことは知らねえ」

島蔵は首をひねった。

「元締め、宇津藩の家臣と会うとき、わしも同席させてくれんか」

平兵衛は、宇津藩の家臣に訊いておきたいことがあったのだ。甚内のことと四人の藩士が斬られた理由である。背景にお家騒動があるなら、その騒動にかかわりたくないことも依頼人に念を押しておきたかった。

「願ってもないことだ。安田の旦那が、いっしょなら心強いからな」

島蔵は目を細めた。

7

平兵衛たち殺し人が島蔵から話を聞いた四日後、平兵衛と右京は柳橋の一吉に出かけた。島蔵から、宇津藩の家臣と会うので一吉に来てほしいとの連絡があったのだ。右京を同行したのは、島蔵から右京も来るように話があったからだ。

「まゆみは、元気かな」

歩きながら平兵衛が訊いた。ちかごろ、まゆみが長屋に顔を出していなかったので、気になっていたのだ。

「ええ、そのうち、長屋にふたりでうかがいますよ」

右京は戸惑《とまど》うような顔をした。まゆみが、平兵衛の許に顔を出していないのを知っていたからであろう。

「待っているぞ」

そんなやり取りをしているうちに、一吉の店の前に出た。

平兵衛と右京が一吉の暖簾をくぐると、吉左衛門が顔を出し、すぐに二階の座敷に案内してくれた。

「宇津藩から、三人お見えですよ」

吉左衛門は階段を上がりながら、平兵衛たちに話した。

「島蔵は？」

平兵衛が訊いた。他人の耳目《じもく》のあるところでは、元締めと呼ばなかったのである。

「見えてますよ」

吉左衛門によると、島蔵は別の部屋で平兵衛たちが来るのを待っているという。平兵衛たちといっしょに宇津藩士と会うつもりらしい。

島蔵は階段を上がってすぐの小座敷で、茶を飲んでいた。平兵衛たちの姿を見ると、すぐに腰を上げた。

「おれひとりで顔を出すのは、気が引けてな」

島蔵が首をすくめて言った。

平兵衛たち三人は吉左衛門に案内され、二階の奥の座敷にむかった。そこは馴染《なじ》み客や特別な上客のための部屋だが、殺しの密談にも使われる。

障子をあけると三人の武士が端座していた。いずれも羽織袴姿である。平兵衛はひとりの顔に見覚えがあった。大川端で殺された四人の死体を引き取りにきた藩士たちの指揮をしていた男である。

「お三方を、お連れしました」

吉左衛門が腰をかがめ、揉《も》み手をしながら言った。

「座ってくれ」

正面に座った年配の武士が言った。

四十がらみであろうか。丸顔で目が細い。口元に微笑が浮き、穏《おだ》やかな感じのする男だった。恰幅《かっぷく》がよく、羽織や小袖も上物だった。身分のある武士とみていいようである。

平兵衛たちが対座すると、

「宇津藩、留守居役、青山武太夫《あおやまぶだゆう》にござる」

男が小声で言った。

すると、青山の右手に座した男が、

「それがし、先手組《さきてぐみ》組頭、佐原十四郎《さはらじゅうしろう》にござる」

四十代半ば、鼻梁が高く、双眸《そうぼう》の鋭い剽悍《ひょうかん》そうな男だった。この男が、死体を引き取りに来たのである。

つづいて、左手の男が、

「それがしは市谷小八郎《いちがやこはちろう》。目付でございます」

と、名乗った。

市谷は若かった。二十四、五であろうか。面長で浅黒い顔をしていた。肩幅がひろく、胸が厚い。着物の上からも全身が厚い筋肉で覆《おお》われていることが見てとれた。武芸の修行で鍛えた体であろう。遣い手とみていい。座している姿にも隙がなかった。

平兵衛、右京、島蔵も名乗った。平兵衛は刀の研ぎ師で、右京は牢人ということにした。島蔵は口入れ屋と話した。殺し人や元締めとは、口にできなかったのである。

女将《おかみ》や女中の手で酒肴の膳が運ばれ、いっとき酌《く》み交わした後、

「吉左衛門から、話を聞いているかな」

青山が切り出した。やわらかな物言いである。口元には微笑も浮いていた。ただ、平兵衛や右京にむけられた細い目は笑っていなかった。刺すようなひかりがある。

「は、はい」

島蔵が揉み手をしながら妙に細い声で言った。相手が身分のある武士とみて、緊張しているようだ。

「承知してもらったとか」

「はい」

島蔵が答えると、平兵衛と右京がちいさくうなずいた。

「それはありがたい」

青山は脇に座している佐原に目をやって、うなずき合った。

「殺された四人は、どのようなお方ですか？」

右京が訊いた。静かな物言いである。

「大目付、安藤久左衛門、他三名」

青山は安藤につづいて、三人の身分と名を口にした。先手組の坪内豊次郎《とよじろう》と徒組《かちぐみ》の

増山友之助、阿部彦八郎の三人だという。いずれも駕籠の警固についていたそうである。

「それで、襲った者たちのことは、分かっているのですか」

右京がさらに訊くと、

「それがしから話そう」

佐原がそう切り出して、話しだした。

「四人のうちふたりだけは、分かっている。脱藩して出奔した久保半兵衛《くぼはんべえ》と大井茂之《おおいしげの》助《すけ》でござる」

久保は先手組で、大井は御使役だったという。

「なにゆえ、脱藩したのです」

「遺恨でござる。三年前、家中で騒動があり、そのことで安藤どのたちに怨《うら》みをいだき、駕籠を襲ったらしい……」

佐原は語尾を濁した。平兵衛たちには話したくないのか、安藤を襲った理由がはっきりしないかであろう。

「他のふたりは？」

かまわず、右京が訊いた。

「はっきりしないが、江戸在住の者とみている。久保が江戸勤番のおりに、剣術道場で知り合った者ではあるまいか」

佐原によると、久保は若いころ七、八年、江戸に住んだことがあり、そのさい藩の許しを得て、市中の剣術道場に通ったそうだ。

佐原の話が終わると、

「つかぬことを訊くが、鹿内甚内という名を聞いた覚えがおありかな」

と、平兵衛が訊いた。

「い、いや……」

佐原が首を横に振った。青山と市谷も首をひねっている。

「久保が、通った道場は？」

平兵衛は、道場が分かれば、鹿内かどうか分かるのではないかと思った。鹿内は赤《あか》坂《さか》にある一刀流の久貝《ひさがい》道場に通ったことがあると聞いた覚えがあった。

「確か、赤坂にあったはずだが……」

佐原が言った。

「久貝道場ではござらぬか」

「そう、そう、久貝道場だった」

「やはりそうか」

平兵衛は、鹿内甚内にまちがいない、と思った。おそらく、久保が道場に通っているおり、鹿内と知り合ったのであろう。

「安田どの、何か心当たりでも？」

佐原が訊いた。

「いや、まだ、はっきりせぬ」

平兵衛は、鹿内の名を口にしなかった。いずれ、話すつもりだったが、もうすこし様子が知れてからと思ったのである。

8

「実は、そこもとたちに別の頼みがあるのだ」

青山が声をあらためて言った。顔の笑みが消えている。

「何です、別の頼みとは？」

島蔵が、ギョロリとした目を青山にむけた。

「久保たちが命を狙っているのは、安藤どのだけではないのだ」

「どういうことで？」

「それがしと、江戸家老の波多野佐兵衛《はたのさへえ》さまのお命を狙っている節がある」

青山が話したところによると、青山と波多野も網代笠で顔を隠した武士に尾けられたことがあるという。

「それに、それがしと波多野さまは、三年前の騒動のおり、殺された安藤どのと同じように久保たちの怨みを買う立場にいたのだ」

青山の顔に懸念《けねん》の色が浮いた。

「それで、てまえたちは何をすればいいんです？」

島蔵にすれば、宇津藩の家中の揉め事より依頼の筋が気になるようだ。

すると、青山と島蔵のやり取りを聞いていた佐原が、

「青山さまと波多野さまの警固も、頼みたいのだ」

と、平兵衛と右京に目をむけながら言った。

「警固ですかい」

島蔵が驚いたように目を剝いた。鶉《うずら》の卵のような眼球である。

「警固といっても駕籠の供をしたり、藩邸内を巡視してもらったりするわけではない。青山さまと波多野さまが市中へ出られるおり、道筋を探索してもらえばいいの

だ。そうしたおり、久保たちが姿を見せれば討ち取ることもできよう。むろん、そのおりは当方より連絡いたす」

「うむ……」

島蔵は渋い顔をして視線を膝先に落とすと、

「斥候《せっこう》でござるか」

右京が抑揚《よくよう》のない声で訊いた。

「まア、そうだ」

「家中には腕のたつ御仁も多数おられよう。われらが出るまでもないと思うが」

さらに、右京が訊いた。右京は腑《ふ》に落ちないようである。

「それが、久保と大井は分かっているが、他の者たちの正体がなかなかつかめぬ。江戸に住んでいる牢人らしいのだが、名も分からんのだ。……それに、家中にも久保たちと通じている者がいるらしく、警固の人数を増やしたり斥候役をつけたりすると、久保たちは姿を見せんのだ。……安藤どのは、たまたま警固の者をすくなくしたおり、襲われてしまった」

佐原が無念そうな顔をした。

つづいて口をひらく者がなく、座は重苦しい雰囲気につつまれたが、青山が島蔵の

脇に座していた吉左衛門に目をやりながら、

「この店のあるじから聞いたのだがな」

と、切り出した。

「そこもとたちは、敵を討つ腕もさることながら、探索や偵察なども町方以上に優れているとか。……しかも、その行動は秘匿され、外部に洩《も》れることは絶対にないと聞いている。そのような者たちなら、此度《こたび》の役は適任だと思い、こうして依頼するわけなのだ。むろん、警固料も別に支払うつもりでいる」

どうやら、青山と佐原は吉左衛門から殺し人や手引き人の話を聞いて、その気になったらしい。

「はい、てまえがそのように申し上げました」

吉左衛門が、愛想笑いを浮かべて言った。

すると、渋い顔をしていた島蔵が、

「ようがす、引き受けやしょう」

と、声を大きくして言った。目がひかっている。警固料を別途払うという言葉が効《き》いたのか、吉左衛門の顔をつぶせないと思ったのか、島蔵はやる気になっている。

「かたじけない」

「それで、お屋敷とのつなぎは？」

島蔵が佐原の顔を覗くように見て訊いた。

「今後、そこもとたちとの連絡は市谷がすることになっている。むろん、それがしも相談させてもらうが……」

佐原がそう言って、市谷に目をやった。

「よしなに」

市谷が、平兵衛たち三人に頭を下げた。

それまで、佐原と平兵衛たちのやり取りを聞いていた青山が、

「藩として、此度の件は佐原にまかせているのだ。先手組の組頭だが、殺された安藤どのの跡を継いで、目付を指図してもらうことになろうな」

そう言うと、佐原は顔をけわしくしてちいさくうなずいた。

「それでは前金ということで……」

青山がふところから袱紗《ふくさ》包みを取り出して、吉左衛門の膝先に置いた。吉左衛門から島蔵たちに渡してくれということらしい。

吉左衛門は袱紗包みを手にすると、

「前金、二百両、たしかにお預かりいたしました」

と言って、頭を深々と下げた。

殺しの約束をする場合、通常前金として半額手渡すことになっていたが、高額のこともあり、吉左衛門からとりあえず、二百両ほど渡して欲しいと話してあったのだろう。

「頼んだぞ」

青山がほっとしたような顔をして言った。

それからいっとき、大川の川開きのことや両国広小路《ひろこうじ》の賑《にぎ》わいなどを話題にして酒を酌み交わしていたが、

「久保と大井は遣い手でござろう。大川端を通りかかったおり、安藤どののたちのご遺体を見ましたもので……」

平兵衛は、いずれも斬り口が見事だったことを言い添えた。

「いかさま。ふたりとも、藩内では名の知れた遣い手でござる」

佐原が顔をけわしくして言った。

「脱藩したと申されたが、ふたりは刺客《しかく》ではござらぬか」

平兵衛は、久保たちが狙っている相手がいずれも重臣なので、政敵が放った刺客ではないかという気がしたのだ。

「そうかもしれませぬ」

佐原は否定しなかった。

「容易ならぬ相手でござる」

平兵衛は、つぶやくような声で言った。

藩内で名の知れた遣い手の久保と大井、さらに籠手斬り甚内の異名をもつ凄腕の殺し人。おそらく、もうひとりの男も遣い手であろう。

平兵衛は、地獄屋の殺し人たちが、総力をあげて立ち向かっても後《おく》れを取るかもしれないと思った。

第二章　襲　撃

1

「うまいな」

そう言って、平兵衛は小鉢のなかの刻《きざ》み牛蒡《ごぼう》の煮染《にしめ》を指先でつまんで口に入れた。ほどよい辛味があり、歯応えもよかった。

「野田屋《のだや》で、買ってきたんだよ。茶請けに、いいと思ってね」

おしげが目を細めて言った。

野田屋は、竪川沿いにある煮染屋だった。まゆみが嫁にいってから、平兵衛も野田屋で煮染を買うことがあった。味がいいと評判の店である。

小半刻（三十分）ほど前、おしげが顔を出し、平兵衛が茶を飲んでいるのを見ると、いい茶請けがあるから、と言って、家へもどり煮染を持ってきたのだ。家へもどったといっても、長屋の斜め前なので一戸建ての家なら台所へ行くようなものである。

「ちかごろ、まゆみさんは顔を見せないね」

おしげは、上がり框《かまち》に腰を下ろし、湯飲みを手にしたまま言った。

「忙しいのだろうよ」

右京にも言ったが、ここ十日ほど、まゆみは姿を見せていなかった。だが、平兵衛はそれほど心配はしていなかった。右京と顔を合わせていたので、まゆみに何かあれば右京が話していたはずである。まゆみより心配なのは、右京だった。鹿内や久保たちは遣い手である。なかでも、鹿内の霞籠手《かすみごて》は妙手だった。迂闊《うかつ》に仕掛けると、右京も後れを取るだろう。

五年前、平兵衛は鹿内の霞籠手がどんな技なのかつかんだ上で、切っ先を合わせていた。それで、後れをとらずに済んだが、右京はそうはいかないだろう。平兵衛は早い機会に、右京に霞籠手のことを話しておこうと思っていた。

平兵衛は、自分の手で鹿内を斃《たお》すつもりでいたが、鹿内の方から右京の命を狙ってくるかもしれないのだ。

「旦那の方で、岩本町《いわもと》へ行ってみたら」

おしげは、まゆみと右京が神田《かんだ》岩本町の長屋に住んでいることを知っていたのだ。

「そうだな、そのうち行ってみるか」

平兵衛は、今度の仕事が済んだらまゆみのところへ行ってみようかと思った。

「おや、だれか、来たようだよ」

おしげが、腰高障子に目をやって言った。

足音が近付いてくる。聞き慣れた長屋の住人のものではなかった。

腰高障子に人影が映り、足音がとまった。

「義父上《ちちうえ》、右京です」

右京だった。噂《うわさ》をすれば、なんとかである。ただ、右京ひとりのようだった。障子に映った人影はひとつである。

「入ってくれ」

平兵衛がそう言うと、

「あたし、帰らなくちゃァ」

おしげが、慌《あわ》てた様子で腰を上げた。

腰高障子があき、右京が顔を見せた。すると、おしげは右京に頭を下げ、逃げ出すように戸口から外へ出た。

「邪魔でしたかね」

右京が戸惑うような顔をして、戸口から去っていくおしげの背に目をやった。右京もおしげのことを知っていたのだ。

「なに、茶飲み話に来ただけだ。おしげも、暇なんだよ」

平兵衛が苦笑いを浮かべて言った。

「義父上を迎えにきました」

右京は、上がり框に腰を下ろさずに言った。

「どこへ行く」

「また、一吉です」

右京によると、俊造が右京の許へ来て、あらためて市谷から話があるので、一吉に来て欲しいとの報《しら》せがあったという。

「俊造は、わたしのところから義父上の許へまわるつもりだったようですが、わたしが途中たち寄って話すからいい、と言ってとめたのです」

「これから行くのか」

まだ、陽は高かった。七ツ（午後四時）前であろう。

「はい」

「いいだろう」

平兵衛は腰を上げると、部屋の隅に置いてある愛刀の来国光《らいくにみつ》を手にした。長年、殺しのおりに遣ってきた刀である。刀身の長さは一尺九寸（約五十八センチメートル）。身幅のひろい剛刀だが、通常の刀より三、四寸詰めてあった。小太刀の動きをとりいれるため、平兵衛の手で短くしたのである。

平兵衛は金剛《こんごう》流の達人だった。金剛流は富田《とだ》流小太刀の流れを汲む一派で、その刀法のなかに小太刀の太刀捌《さば》きがとりいれられていたのだ。

平兵衛と右京は長屋を出て、竪川沿いの通りを両国橋の方へ歩いた。

「右京、おまえに話しておきたいことがある」

平兵衛は鹿内のことを伝えるいい機会だと思った。

「なんです？」

「わしらが狙う四人だがな、久保と大井の他にもうひとり分かっているのだ」

平兵衛が歩きながら言った。

「だれです？」

右京の顔に驚いたような表情が浮いた。

「名は鹿内甚内。わしらと同じ殺し人だった」

平兵衛は五年前、鹿内と立ち合ったことやその後、行方が知れなかったことなどを話した上で、大川端で斬殺された坪内の右腕が、截断されていたことを言い添えた。

平兵衛は青山たちとの話のなかで、右腕を斬られていたのが、坪内豊次郎という藩士であることを聞いていたのだ。

「鹿内は、籠手斬り甚内と呼ばれる男でな。霞籠手と称する妙剣を遣う。その剣は、まず右腕を断ち、二の太刀で敵の命を奪うのだ」

平兵衛が言った。

「霞籠手……」

右京がつぶやくような声で言った。虚空を睨むように見すえている。表情は変わらなかったが、双眸《そうぼう》には切っ先のようなひかりが宿っていた。剣客らしい凄《すご》みのある目である。

「霞籠手は下段に構え、間合に入るとすぐに、籠手を狙って斬り上げてくる。……その太刀筋が見えぬ。それゆえ、霞籠手と名付けられたようだ」

平兵衛はゆっくり歩きながら話した。行く手に両国橋が見えてきた。東の橋詰めは賑わっていた。大勢の老若男女が行き交っている。

「迅《はや》いために見えないのですか」

右京が訊いた。

「迅さもある。……わしは、青眼に構えたこちらの刀身と重なって、見えにくいのではないかとも思っている」

ただ、霞籠手の太刀筋が見えないのは、それだけではなかった。身を寄せてから、下から斬り上げるので初めから見えにくいのだ。そうしたいくつかの原因が重なったせいであろう。

「ならば、青眼ではなく、上段か八相に構えたらどうです」

右京が言った。

もっともである。上段か八相に構えれば、刀身と重なって見えにくくなることはないし、籠手は遠く離れて、下段から斬ることはむずかしくなるはずだ。

「わしも、そう思ってな。逆八相に構えたのだ」

「虎《とら》の爪《つめ》ですね」

「そうだ」

平兵衛は虎の爪と称する必殺剣を身につけていた。金剛流にとりいれられている小太刀の寄り身を生かし、実戦のなかで工夫して会得した剣である。

刀身を左肩に担ぐように逆八相に構え、そのまま鋭い寄り身で敵の正面に迫る。敵は、平兵衛の一気の寄り身に押されて、退《ひ》くか、面に斬り込んでくるしかなくなる。

退けば、さらに踏み込み、面にくれば、敵の斬撃を撥《は》ね上げざま、袈裟に斬り下ろす。その斬撃が凄まじく、敵の右肩に入った刀身は鎖骨と肋骨を截断して左の脇腹へ抜けるのだ。

ひらいた傷口から截断された骨が白く見え、それが猛獣の爪を思わせる。そのため、この剣を虎の爪と称していたのだ。

「鹿内は、どう構えました？」

右京は逆八相に構えた平兵衛に対し、鹿内が同じように下段に構えたかどうか訊いたのである。

「下段だが、刀身を返して左脇に寄せた」

「……！」

「鹿内は籠手ではなく、わしの脇腹を狙ったのだ」

鹿内は籠手を狙うのと同じ呼吸で、脇腹へ斬り上げようとしたのである。

「それで、鹿内の太刀筋は見えましたか」

右京が足をとめて訊いた。

「見えなかった。いや、わしは見なかったのだ」

逆八相に構え、敵の下段にちかい低い切っ先に目をむけたら、全身が見えにくくなり、斬撃の気配が感じとれなくなる。平兵衛は、そのことを恐れたのだ。

「わたしも、見ないでしょうね」

「鹿内の霞籠手は、こちらでどう構えようと気配で感じるより他にないのだ」

平兵衛がつぶやくような声で言った。

「……………」

右京は黙したままちいさくうなずいた。

2

一吉の二階の奥の座敷に、七人の男が集まっていた。平兵衛、右京、島蔵、朴念、孫八、市谷、それに伊沢弥三郎《いざわやさぶろう》という男である。伊沢は宇津藩士で、市谷と同じ目付だという。伊沢も剣の遣い手らしく、腰の据わったひき締まった体をしていた。

朴念、孫八、伊沢の三人は初対面だったので、七人があらためて名乗った後、

「さっそくだが、そこもとたちのお力を貸していただきたい」

と、市谷が切り出した。

「何か動きがありやしたか」

島蔵が訊いた。

「いや、動くのはこちらでござる」

市谷によると、明後日、留守居役の青山が柳橋の浜崎屋《はまざきや》という料理屋で、宇津藩の蔵元である廻船問屋、黒田屋《くろだや》の主人と会うそうだ。主人の名は稲左衛門《とうざえもん》で、年に何度か浜崎屋で会い、藩の専売米の江戸への廻漕や販売などの相談をしているという。

平兵衛は浜崎屋も黒田屋も知っていた。浜崎屋は柳橋でも名の知れた老舗《しにせ》の料理屋で、富商や大名家の留守居役などが、よく使っている店である。

また、黒田屋は廻船問屋の大店《おおだな》で、諸藩の米の廻漕を手広く扱っていることでも知られていた。

「青山さまの警固か」

島蔵がつぶやくと、

「おれは、警固にはむかんぞ。見たとおり、人目につく」

朴念が、丸めた頭を大きな手で撫《な》でながら言った。

今日はいつもの道服ではなかった。すこし汚れているようだが黄八丈《きはちじょう》の小袖に黒羽織姿だった。町医者の格好をしてきたのだ。おそらく、一吉に集まるということで、島蔵が気を利かせて着替えさせたのであろう。

「警固は、宇津藩の者がします。そちらは、久保たちがあらわれたら仕留めていただきたいのです」

宇津藩の上屋敷は、本銀町《ほんしろがねちょう》にあるそうだ。

市谷によると、平兵衛たちに柳橋から本銀町へ行く道筋を先行してもらい、久保たちを察知したら討ち取ってもらいたいという。なお、宇津藩の下屋敷は京橋《きょうばし》にあり、安藤は柳橋から京橋にむかう途中襲われたそうである。

なお、藩主は大谷摂津守紀直《おおやせっつのかみのりなお》で、いまは国許にいるという。

「どうやって、久保たちを見分けるのだ」

右京が訊いた。

「これまで、久保たちはいずれも網代笠をかぶって顔を隠しておりました」

「網代笠が目印になるというのか」

「いかさま」

「ですが、網代笠をかぶっているだけで、斬りつけるわけにはいきませんぜ」

島蔵が低い声で言った。

「そこもとたちに、それがしと伊沢もくわわります。久保と大井の体軀《たいく》や年格好は承知していますので、笠をかぶっていても分かるはずです」

市谷が言うと、伊沢もうなずいた。

「久保たちを探し出す手間が、はぶけるかもしれんな」

平兵衛が言った。

自分たちに、市谷と伊沢がくわわるなら、久保たち四人と戦っても後れを取るようなことはない、と平兵衛は踏んだ。味方は、平兵衛、右京、朴念、孫八、それに市谷と伊沢である。人数の上からも敵を圧倒できる。

「それに、久保たちは、われらにそこもとたちがくわわったことを知りません。油断があるはずです」

市谷が語気を強くして言った。

「かえって、いい手かもしれねえ」

島蔵も、納得したような顔をした。

それから、平兵衛は柳橋から本銀町の藩邸までの道筋を訊いた。市谷の話だと、青山は柳橋の浜崎屋を出て外神田《そとかんだ》の神田川沿いの道をたどり、昌平橋《しょうへいばし》を渡って本銀町へ入るという。本銀町から藩邸までは数町の距離だそうだ。

「敵が、仕掛けてくるとすりゃァ、神田川沿いだな」

島蔵が目をひからせて言った。

「わしも、そうみる」

平兵衛が言い添えた。

話が一段落したところで、

「ところで、三年前に藩内で騒動があったとのことだが、差し障《さわ》りなかったら話してもらえんかな」

平兵衛が声をあらためて訊いた。平兵衛は、いまもその騒動がくすぶっていて、藩内に対立があるのではないかとみていた。その対立によっては、久保たち四人に新たな仲間がくわわる可能性もあるような気がしたのだ。

「それがしは江戸にいましたので、子細は分からないのですが」

そう前置きして、市谷が話しだした。

近年、宇津藩も他の大名家とかわらず財政が逼迫《ひっぱく》していたという。そうしたおり、五年前に飢饉《ききん》があって壊滅的な打撃を受け、その後財政が立ち直らず、困窮《こんきゅう》を極めていた。領民は疲弊《ひへい》し、年貢《ねんぐ》米は減る一方だった。藩では倹約を奨励《しょうれい》するとともに家臣から借り上げをしたりして、何とか凌《しの》いできたが限界に達していた。

そのようなおり、当時、国許の次席家老だった波多野佐兵衛、大目付の安藤久左衛門、勘定奉行の江島九郎兵衛《えじまくろべえ》、それに江戸にいた青山武太夫などが藩政の改革を訴え、米だけに頼らず、蔵元の黒田屋の協力も得て、特産の杉、檜《ひのき》、炭などを藩の専売品として江戸で売り出し、現金を得る道を模索した。

「ところが、こうした政策に河津《かわづ》一族が真っ向から反対し、波多野さまたちと対立したのです」

河津一族は、戦国のころから宇津藩主の大谷家の家老職に就《つ》き、また一族の何人かが重臣として仕え、藩政を動かしてきたという。

波多野派と対立した旗頭は、河津重右衛門《じゅうえもん》で老齢ながら城代家老として藩政を牛耳《ぎゅうじ》ってきたそうだ。ところが、波多野や安藤が抬頭《たいとう》してきて藩を動かすようになったのが気に入らず、ことあるごとに波多野派の政策に反対した。

「それで、お家騒動となったわけですかい」

島蔵が大きな目をひからせて訊いた。

「それが、たいした騒動にはならなかったのです。当初は真っ向から対立し、藩を二分するような騒動になるのではないかと懸念されたのですが、旗頭だった重右衛門さまが急死されたのです」

「殺されたのか」

朴念が訊いた。

「いえ、病死です。重右衛門さまはご高齢で、すでに還暦を過ぎていたこともあり、風邪をこじらせてお亡くなりになったのです」

重右衛門の死で、河津一族は萎《しぼ》むように勢力が衰《おとろ》えたという。さらに、波多野派が打った策があたり、財政が好転したこともあって、河津派は鳴りをひそめたそうだ。現在、宇津藩の財政は立ち直り、領民たちも相応に潤《うるお》い、家臣から借り上げた禄《ろく》も元にもどすことができたという。

「その後、波多野さまは出府して江戸家老になられ、江島さまは国許で次席家老になられたのです」

「城代家老は？」

平兵衛が訊いた。

「朝倉八三郎《あさくらやさぶろう》さまです。国許では、江島さまが朝倉さまを補佐されていますので、これまでの政策が変わるようなことはありません」

市谷によると、朝倉は穏やかな性格で中立的な立場を通してきたが、いまは波多野たちに与《くみ》しているそうだ。

「ならば、なぜ、安藤どのや波多野どのを暗殺しようとするのだ」

平兵衛が訊いた。

宇津藩の騒動は収まり、波多野派の政策により財政も立ち直ったとなれば、いまさら波多野派の重臣たちを暗殺する必要はないだろう。

「河津一族が、ひそかに動き出したのかもしれません」

市谷が声を低くして言った。

現在、河津一族の中核は重右衛門の弟の宗兵衛《そうべえ》で、江戸には甥《おい》の河津庄蔵《しょうぞう》がいるそうだ。宗兵衛は隠居しているが、庄蔵は用人の職にあるという。宇津藩の用人は、家老の下で内政にあたっているそうだ。ただ、江戸藩邸にふたりおり、庄蔵は波多野に反目することが多いそうだ。

「河津一族は波多野派の重臣を暗殺すれば、勢力を盛り返せるとみているのか」

平兵衛が訊いた。

「むろん、それもありますが、河津一族には、波多野さまたちに権勢を奪われた強い怨みがあるのかもしれません。それで、暗殺という卑劣《ひれつ》な手を使っても、波多野さまたちのお命を奪おうとしているにちがいありません」

市谷の口吻《こうふん》には、怒りのひびきがあった。

「うむ……」

平兵衛は、なぜ、安藤や波多野が命を狙われるのか理解できた。同時に、両派の対立には根深いものがあり、久保や大井を討ち取っただけでは解決できないだろうという思いもあった。下手をすれば騒動の渦中《かちゅう》に巻き込まれ、平兵衛たち殺し人など火中に飛び込む虫のごとく、抹殺《まっさつ》されるかもしれない。

「わしらが引き受けたのは、久保や大井たちを討つことだけだぞ」

平兵衛が、念を押すように言った。

騒動のなかで、藩士たちの戦いに巻き込まれたくなかったのである。

「承知しております」

市谷と伊沢がいっしょにうなずいた。

3

清夜だった。十六夜《いざよい》の月が皓々《こうこう》とかがやいている。神田川の水面が月光を反射《はね》て、銀色にひかりながら揺れていた。さわやかな川風が川岸に群生した芒《すすき》や葦《あし》をなびかせ、さわさわと音をたてている。

六ツ半（午後七時）ごろだった。平兵衛、右京、朴念の三人は、神田川の岸辺の柳の陰に身をひそめていた。神田川にかかる新《あたら》シ橋《ばし》の近くだった。その場で、孫八たちの連絡を待っていたのである。

平兵衛は貧乏徳利を提《さ》げていた。なかに酒が入っている。孫八が用意してくれたのだ。戦いの前、平兵衛が酒を飲んで昂《たかぶ》った気を鎮《しず》めることを知っていたからである。

「そろそろ、青山どのが浜崎屋を出るころですね」

右京が、小声で言った。

今日の七ツ（午後四時）ごろ、青山は黒田屋との商談のために柳橋の浜崎屋に入った。警固として、藩士が四人したがっているという。

平兵衛、右京、朴念、市谷、伊沢の五人は、神田川沿いの物陰に身をひそめていた。久保たちが姿を見せたら討ちとる手筈になっていたのである。市谷と伊沢は、和泉橋《いずみばし》の近くに身を隠しているはずだった。

また、孫八、嘉吉、俊造の三人は、手引き人として動いていた。三人は神田川沿いの道を歩き、久保たちの姿を目にしたら平兵衛や市谷たちに知らせることになっていた。

いまごろ、孫八たちは職人や行商人などの目立たない格好で、久保たちの姿をとらえるために柳橋から本銀町までの道筋に目を配っているはずである。

「あっしも、ひとりやらせてもらいやすぜ」

朴念が目をひからせて言った。

朴念は手ぬぐいをかぶって頭を隠し、黒の道服に身をつつんでいた。右手には手甲鈎を嵌《は》めていた。手甲鈎には、四本の熊の爪のような鋭い鈎がついている。これで、敵刃を受けたり、顔を引き裂いたりするのだ。

「鹿内は、わしにやらせてくれ」

平兵衛は、鹿内と決着をつけたかったのだ。

「安田さんにお任せしますよ」

右京が小声で言った。右京は平兵衛とふたりだけのときは義父上と呼ぶが、殺しの仕事にかかわっているときは安田さんと呼ぶ。私情をはさまないためであろう。

「そろそろだな。……これを見てくれ」

平兵衛は左手をひらいて、右京と朴念の前に指をひろげて見せた。

小刻みに震えている。見ると、手だけでなく肩先もかすかに震えていた。平兵衛の体が強敵を意識して反応しているのだ。いつもそうだった。平兵衛の体は、強敵との立ち合いがちかづくと震えだすのだ。

「安田さんの体が、敵がちかくにいると訴えているのです」

右京は表情を変えなかった。これまで、何度も戦いを前にして平兵衛の体が震えだすのを見ていたからである。

「旦那、一杯やったらどうです」

朴念が苦笑いを浮かべながら言った。朴念も、平兵衛が戦いの前に酒を飲んで気を鎮めることを知っていたのだ。

「そうするか」

平兵衛は貧乏徳利の栓《せん》を抜くと、口をつけて一合ほどの酒を一気に飲んだ。そして、一息ついてから、さらに一合ほど飲んだ。

いっとき経つと、乾いた地に慈雨《じう》が染み込むように平兵衛の全身に酒気がまわり、活力が満ちてきた。それと同時に、真剣勝負の恐怖や怯《おび》えが霧散し、腹の底から闘気と自信が湧き上がってくる。

「見てくれ」

平兵衛は、手をひらいて右京と朴念に見せた。

震えがとまっている。震えだけではなかった。両足がしっかり地につき、どっしりと腰が据わったような感覚が蘇《よみがえ》ってきた。

「それでこそ、人斬り平兵衛の旦那だぜ」

朴念が声を上げた。

そのとき、右京が通りに目をやって、

「だれか来る」

と、声を殺して言った。

柳橋の方に目をやると、通りの先に黒い人影が見えた。ふたりだった。嘉吉と俊造のようである。ふたりは小走りに近付いてくる。手ぬぐいで頰っかむりし、黒の半纏《はんてん》に股引《ももひき》姿だった。職人ふうである。

平兵衛たちは樹陰から通りへ出た。近くに別の人影がなかったからである。

嘉吉と俊造は、平兵衛たちのそばに近寄ると、

「それらしいのが来やすぜ」

と、嘉吉が言った。

網代笠をかぶった武士がふたり、こちらに歩いて来るという。

「どこで、見かけた？」

平兵衛が訊いた。

「浅草御門の前でさァ」

嘉吉によると、御門の前でふたり連れの武士を見かけたので、脇道をたどって先まわりしたという。

「ふたりだけか?」

敵は四人のはずである。

「ふたりだけで」

「ともかく、市谷どのたちに知らせてくれ」

「へい」

嘉吉と俊造が駆けだした。

ふたりの姿が離れると、

「わしたちは、隠れよう」

そう言って、平兵衛は柳の陰へもどった。ふたりの武士は網代笠をかぶっていたことからみて、久保たちらしいが、ふたりだけというのが気になった。ふたりだけで、駕籠を襲うとは思えなかったのである。

「安田さん、どうする?」

右京が訊いた。

「様子をみよう。……まだ、孫八からの知らせがないからな」

孫八は、とくに浜崎屋の店先に目を配っているはずである。

いっときすると、通りの先に人影が見えた。月光のなかに、網代笠をかぶったふたりの武士の姿が浮かび上がっている。大柄な武士と、長身の武士である。まだ、遠方ではっきりしないが、ふたりとも腰が据わっているように見えた。

「やつらだ!」

朴念が声を殺して言った。

「久保と大井のようだな」

平兵衛は市谷から、久保が大柄で大井が長身だと聞いていたのだ。

ふたりの姿が、しだいに近付いてくる。歩く姿にも隙《すき》がなかった。ふたりとも、剣の遣い手とみていいようである。

「仕掛けますか」

右京が訊いた。

「いや、もうすこし様子を見よう」

平兵衛は、鹿内ともうひとりがどこにいるか気になった。ここで、久保たちとやり合っている間に、青山が襲われて斬殺されたのでは、何にもならない。

それに、ふたりをやり過ごして跡を尾け、この先で待っている市谷たちと挟み撃ちにする手もあるのだ。

ふたりの武士は、平兵衛たちの前を通り過ぎていく。

平兵衛たち三人は、ふたりの武士を見送った。そして、ふたりの背が半町ほど離れたとき、跡を尾けるために、樹陰から通りへ出ようとした。

「待て！」

右京が制した。

「だれか来る。しかも、ふたりだ」

平兵衛と朴念は、柳橋の方向を振り返った。

黒い人影がふたつ、月明りのなかにぼんやりと見えた。こちらに歩いてくる。

「笠をかぶってるぜ」

朴念が昂った声を上げた。

ふたりとも、網代笠をかぶっていた。二刀を帯びている。

「あのふたりも、仲間だ」

右京が言った。

「ひとりは、鹿内だ！」

思わず、平兵衛が声を上げた。

その体軀に見覚えがあった。中背で肩幅がひろく、腰がどっしりと据わっている。

まちがいなく鹿内甚内である。

……そうか。やつら、駕籠を前後から挟み撃ちにする気か。

平兵衛は、久保や鹿内たちが何をやろうとしているか察知した。通り沿いにすこし離れて二組に分かれて身を隠し、駕籠がなかほどまで来たら飛び出して前後から襲うつもりなのだ。

……その前に、わしらが仕留める。

平兵衛は鹿内たちをやり過ごし、市谷たちと挟み撃ちにしようと思った。

鹿内たちふたりは、平兵衛たちの前を通り過ぎていく。

4

鹿内たちがすこし離れたとき、

「もうひとりくる」

右京が、平兵衛の耳元に口を寄せて言った。

見ると、表店の軒下闇をつたうようにして、人影がちかづいてきた。孫八である。

どうやら、鹿内たちを尾けてきたらしい。

孫八は平兵衛たちに身を寄せ、

「旦那、前のふたりですぜ」

と、小声で言った。

「ひとりは、鹿内だ。ところで、青山どのの駕籠は？」

平兵衛が訊いた。

「浜崎屋を出やした」

孫八によると、鹿内たちは浜崎屋の近くに身を隠していて、青山が店先にあらわれるのを見てから、こちらに向かったという。

「孫八、脇道を通って先回りして市谷たちに知らせてくれ。前の久保たちといっしょに、やつらを挟み撃ちにするのだ」

平兵衛が言った。

「承知しやした」

孫八は小走りに路傍にむかった。表店の軒下闇に身を隠しながら脇道のあるところまで行き、川沿いの道を使わずに和泉橋ちかくまで脇道をたどるはずである。

鹿内たちふたりの背が遠ざかり、夜陰のなかにまぎれて見えにくくなってきた。足音も聞こえなくなっている。

「行くぞ」

平兵衛たち三人は、樹陰から通りへ出た。

前を行く鹿内たちの姿が、月光のなかにぼんやりと見えてきた。通りに他の人影は、まったくなかった。左手に神田川が流れ、右手は店仕舞いした表店が並んでいた。家並から洩れてくる灯《ひ》はなく、夜陰のなかに黒く沈んでいる。

しばらく歩くと、前方にかすかに和泉橋がみえた。黒い橋梁が青白い月光のなかに浮かび上がったように見えている。

「すこし間をつめよう」

平兵衛が足を速めた。右京と朴念がつづく。

「いるぞ！」

朴念が声を殺して言った。

一町ほど前方に、人影らしきものが見えた。何人かが路傍に立っているようだが、夜陰にとざされ、その輪郭《りんかく》さえはっきりと識別できなかった。

平兵衛たちは、表店の軒下闇に身を隠しながら近付いた。しだいに、黒い人影がはっきりしてきた。

……四人だ！

平兵衛は、まちがいなく久保たち四人だろうと思った。先に行った久保たちと鹿内たちが、襲撃の打ち合わせをしているようだ。

すぐに、四人はふたりずつに分かれた。すこし距離を取って身を隠し、駕籠を挟み撃ちにするつもりなのだ。平兵衛が予想したとおりである。

「仕掛けるぞ！」

平兵衛が声をかけ、小走りに四人の方へむかった。

久保たち四人の足がとまった。こちらに顔をむけている。近付いてくる平兵衛たちに気付いたようだ。

久保らしい大柄の男が、

「だれか来るぞ！　三人だ」

と、声を上げた。つづいて、青山の手の者ではないのか、という声が聞こえた。

……鹿内の声だ！

平兵衛は、声に聞き覚えがあった。

久保たちとの間が、半町ほどに迫ってきた。向こうからも、平兵衛たちの姿が識別できるだろう。

「鹿内甚内！　勝負！」

いきなり、平兵衛が大声を上げた。ちかくにひそんでいるはずの市谷たちの耳にとどくように叫んだのである。

平兵衛につづいて、

「久保！　おめえの命は、おれがもらった」

朴念が、雷声で叫んだ。

と、久保たち四人の遠方に、数人の人影らしきものがあらわれた。市谷や連絡に走った孫八たちのようだ。

「向こうからもくるぞ！」

長身の男が叫んだ。大井であろう。

平兵衛は左手で来国光の鍔元《つばもと》を握り、鯉口《こいぐち》を切った。すでに、鹿内たちとの間が十数間ほどに迫っている。

「や、安田か！」

鹿内が驚愕《きようがく》の声を上げた。迫ってくる男が、平兵衛と分かったらしい。

「いかにも、鹿内、命はもらったぞ」

平兵衛は足をとめた。

鹿内との間合は十間ほど。平兵衛はゆっくりと刀を抜いた。そして、逆八相に構えた。虎の爪で勝負しようと思ったのである。

「う、うぬら、地獄屋の鬼どもか！」

鹿内は後じさりながら抜刀した。

「そうだ。おれたちが、地獄へ送ってやるぜ」

朴念が手甲鈎を前に突き出すように構え、ニタリと笑った。ただ、目は笑っていなかった。大きな目が月光を映じて、青白くひかっている。

「かこまれるぞ！」

久保がうわずった声で言った。顔がこわばっている。他のふたりの顔にも、驚愕と狼狽《ろうばい》の色があった。思わぬ敵の出現で動揺しているようだ。

「おのれ！」

久保が網代笠を取って路傍に投げ捨てた。こうなると、顔を隠すどころではないと思ったようだ。

久保につづいて、他の男たちも網代笠を投げ捨てた。

久保たちの背後から、市谷たちが走ってきた。孫八、嘉吉、俊造の姿もある。孫八たちは匕首を手にしていた。夜陰のなかで獣の牙のようにひかっている。市谷と伊沢も抜刀していた。

五人の手にした武器《えもの》が、夜陰を切り裂くように急迫してくる。

「引け！　こいつら、殺し人だ」

鹿内が叫んだ。

5

「鹿内、三年前の決着をつけようぞ」

平兵衛と鹿内との間合は、まだ八間ほどもあった。平兵衛は逆八相に構え、足裏を擦るようにして間合をつめ始めた。

鹿内は平兵衛に切っ先をむけていたが、下段に構えなかった。刀をひっ提げたままである。視線が逡巡《しゅんじゅん》するように揺れている。身構えにも覇気がなく、腰も据わっていなかった。戦う気になっていないようだ。

「引け！　ここは、引くしかない」

鹿内は後じさりしながら、声を上げた。

その声で、久保たち三人が刀を手にしたまま周囲に視線をめぐらせた。逃げ場を探しているようだ。

だが、逃げ場はなかった。前方には平兵衛たち三人が立ちふさがり、後方からは市谷や孫八たち五人が迫ってくる。

通りの片側は神田川で、反対側は表店が軒をつらねていた。近くに逃げ込むような路地もない。

「突破しろ！」

久保が刀を振り上げて叫んだ。その刀身が月光を反射《はね》て、銀蛇《ぎんだ》のようにひかっている。

その久保の前に、朴念がまわり込んできた。

「おめえの相手は、おれだよ」

朴念は手甲鈎を前に突き出すようにして身構えた。

一方、右京は瘦身の武士の前に立ちふさがった。瘦身の武士は、頰骨が張り顎《あご》がしゃくれていた。つり上がったような目をしている。

……こやつ、牢人か。

小袖に袴姿で二刀を帯びていたが、月代《さかやき》が伸び、袴もよれよれだった。身辺に荒《すさ》んだ雰囲気がただよっている。

「名は？」

右京が誰何《すいか》した。

「名は捨てた」

男はくぐもった声で言った。

薄い唇の端に嘲笑が浮いたが、すぐに消えた。右京にむけられた目は殺気だち、青眼に構えた切っ先には、いまにも斬り込んでくるような気配がある。こうした修羅場を何度もくぐってきた男なのであろう。

「おれも、似たような者だ」

言いざま、右京は切っ先を男の目線につけた。


「鹿内、逃げる気か」

平兵衛は逆八相に構えたまますばやい足捌きで間合をつめていく。四間ほどにつまれば、虎の爪を仕掛けるつもりだった。

平兵衛の背筋が伸び、全身に気勢が満ちていた。双眸には射るようなひかりがあり、覇気がみなぎっている。平兵衛は豹変《ひょうへん》していた。頼りなげな老爺ではない。その姿にも、剣の達人らしい凄みがあった。

「おのれ！　安田」

鹿内は、肌が青白くのっぺりした顔をしていた。目が細く、薄い唇をしている。酷《こく》薄《はく》そうな顔である。その顔が憤怒《ふんぬ》でゆがんでいた。

鹿内は下段に構えた。霞籠手の構えである。だが、相手を威圧するような構えではなかった。切っ先がかすかに揺れている。鹿内はまだ逡巡しているのだ。

平兵衛と立ち合うか、逃げるか。

かまわず、平兵衛は間合をつめた。

鹿内がさらに後じさりしようとして腰を引いた瞬間、平兵衛が仕掛けた。

イヤァッ！

裂帛《れっぱく》の気合を発し、平兵衛が疾走した。

迅《はや》い！

鹿内に迫る刀身が月光を反射《はね》て、閃光のように夜陰を切り裂いていく。

その果敢《かかん》な寄り身に圧倒され、鹿内が身を退いた。

一気に斬撃の間に踏み込んだ平兵衛は、真っ向に斬り込んだ。虎の爪の斬撃である。

一瞬、鹿内が下段から刀身を撥ね上げた。

キーン、という甲高い金属音がひびき、ふたりの刀身がはじき合った。

次の瞬間、鹿内の刀身が流れ、体勢が大きくくずれてよろめいた。平兵衛の斬撃の強さに押されたのだ。

すかさず、平兵衛は振りかぶりざま真っ向へ斬り込んだ。これも、虎の爪の太刀捌きである。

平兵衛の切っ先が鹿内の額をとらえたかに見えた瞬間、鹿内の体が横に飛んだ。咄《とっ》嗟《さ》に、鹿内は体を横転させ、平兵衛の斬撃を逃れようとしたのだ。

平兵衛の切っ先が、鹿内の左肩をかすめて空を切った。

横転した鹿内は起き上がらず、這《は》うようにして逃れ、川岸の土手へ飛び込むように身を投げた。俊敏な動きである。

ザザザッ、と芒や葦を薙《な》ぎ倒す音がひびいた。土手の急斜面を、鹿内の体が転がっていく。

平兵衛は土手際に走り寄って、下を見た。群生した丈の高い葦のなかで、立ち上がる鹿内の姿が見えた。

「逃げるか、鹿内！」

平兵衛が叫んだ。

「勝負はあずけた！」

一声叫ぶと、鹿内は葦を搔《か》き分け、岸辺の浅場をバシャバシャと水を蹴りながら川のなかほどへ進んだ。

すぐに水深が増し、鹿内の腰の高さほどになった。そして、腋《わき》ほどの深さになると、水の流れにまかせて下流へむかった。黒ずんだ水面から鹿内の頭が突き出し、はずむように上下しながら下っていく。

平兵衛は追わなかった。いや、水のなかまで追えなかったのである。岸辺に立って、下流に去っていく鹿内の頭部を見ていたが、それもすぐに深い夜陰に飲み込まれるように消えてしまった。

……また、川へ逃れたか。

平兵衛は、そうつぶやいて右京に目を転じた。

6

右京は瘦身の男と対峙《たいじ》していた。

ふたりの間合は、およそ三間。右京は青眼、瘦身の男は八相に構えていた。すでに何合か斬り合ったらしく、男の着物の肩先が裂け、血に染まっていた。右京の斬撃をあびたらしい。

一方、右京は無傷だった。切っ先を敵の目線につけたまま微動だにしない。月光に浮かび上がった顔には表情がなく、能面のように見えたが、構えは硬くなかった。ゆったりとして余裕すら感じられる。

ヤアッ！

ふいに、痩身の男が鋭い気合を発した。気合で、敵の構えをくずそうとしたのだ。

だが、気合を発した瞬間、男の刀身が揺れた。肩に力が入ったのだ。この一瞬の隙を右京がとらえた。

つつつ、と前に身を寄せ、斬撃の気配を見せた。斬撃の間へ踏み込んでからの誘いだった。この誘いに男が反応した。

気合を発しざま、斬り込んできた。

八相から袈裟へ。鋭い斬撃だった。

だが、右京はこの斬撃を読んでいた。刀身を横に払って、男の斬撃をはじくと、二の太刀を横一文字に払った。神速の連続技である。

切っ先が稲妻のように夜陰を切り裂いた次の瞬間、男の首筋から血が赤い筋を引いて飛んだ。

右京の切っ先が、男の首の血管《ちくだ》を斬ったのである。

男は血を撒き散らしながら、たたらを踏むように泳いだ。そして、何かに爪先をひっかけ、前につんのめるように転倒した。

伏臥《ふくが》した男は、四肢《しし》を痙攣《けいれん》させているだけで動かなかった。首筋から流れ出た血が地面にひろがっていく。それが夜陰のなかで、赭黒《あか》い布をひろげていくように見えた。

平兵衛は朴念に目を転じた。

朴念は苦虫を噛み潰したような顔でつっ立っていた。道服の右の肩口から二の腕にかけて血の色があった。久保の斬撃を受けたようだ。ただ、たいした傷ではない。浅く皮肉を裂かれただけだろう。

近くに、久保の姿はなかった。逃げられたのかもしれない。

平兵衛は、市谷たちの方に目をむけた。

市谷と伊沢が、長身の大井に切っ先をむけていた。孫八、嘉吉、俊造の三人がすこし間を取って、背後を取りかこんでいる。

……大井は討てる。

と、平兵衛は見てとった。

大井の姿は凄絶《せいぜつ》だった。元結《もとゆい》が切れ、ざんばら髪である。顔の半分が血に染まり、肩から胸にかけて血まみれだった。片耳を斬り落とされたらしい。目がつり上がり、口をひらいて歯を剝き出していた。まさに、夜叉《やしゃ》のような形相《ぎょうそう》である。

平兵衛が市谷たちの方へ歩きかけたとき、大井が喉の裂けるような気合を発して斬り込んだ。

大きくふりかぶって、対峙していた市谷の真っ向へ。捨て身の斬撃だったが、迅さと鋭さがなかった。

市谷は脇へ跳んで斬撃をかわしざま、刀身を横に払った。その切っ先が大井の脇腹をとらえた。着物が裂け、腹に血の線がはしった。だが、深い傷ではない。

大井はなんとか体勢をたてなおし、市谷に斬りつけようとして刀を振り上げた。

瞬間、後ろから伊沢が突きをみまった。飛び込むような突きだった。大井の背に突き刺さった切っ先が、胸に抜けた。

グッ、と喉のつまったような呻《うめ》き声を洩らしてのけ反《ぞ》った。大井は背を反らせたような格好のまま つっ立っていた。

伊沢も身を寄せたまま動かない。

数瞬、大井と伊沢は体を密着させたまま動きをとめていたが、伊沢が身を引きざま刀身を引き抜いた。

大井の背から血が噴き、ゆらっと体が揺れた。大井は二、三歩前に踏み出したが、すぐに足がとまると、腰からくずれるように転倒した。

地面に俯《うつぶ》せになった大井は、なおも起き上がろうとして首をもたげたが、すぐにつっ伏してしまった。胸のあたりから血が流れ出し、地面を赭黒く染めていく。

平兵衛のそばに朴念と右京が、歩を寄せてきた。右京の着物の胸に血の色があった。返り血をあびたらしい。戦いの痕《あと》はそれだけである。

「逃げられた」

朴念が顔をしかめて言った。

久保は朴念に二度斬り込んできたが、市谷たちが迫ってきたのを見ると、いきなり反転して土手へ飛び下り、岸辺沿いを逃げたという。いずれにしろ、久保は朴念の手甲鈎の攻撃を逃れたのである。遣い手とみていいようだ。

「わしも、逃がした」

平兵衛は、鹿内が神田川を下流にむかって逃げたことを言い添えた。

「逃げたのは、鹿内と久保ですか」

右京が言った。

「四人のうちふたり仕留めたのだ。よしとせねばならぬか」

平兵衛はそう言ったが、胸の内には忸怩《じくじ》たる思いがあった。肝心の鹿内に逃げられたのである。それに、平兵衛たち極楽屋に出入りする殺し人たちが、市谷たちにくわわったことを鹿内たちに知られたのだ。今後は、鹿内たちも何か手を打ってくるだろう。

そこへ、市谷や孫八たちが近寄ってきた。いずれも昂った顔をしていた。まだ、真剣勝負の興奮が残っているのである。

「青山どのの駕籠は、どうしたのだ」

平兵衛が、通りの先に目をやった。まだ、駕籠の一行は通りかからないのである。

「柳原《やなぎわら》通りを、本銀町へ向かったと思われます」

市谷によると、ここで斬り合っているのを察知し、新シ橋を渡って対岸の柳原通りへ逃れたのではないかという。柳原通りを使っても、本銀町の上屋敷へ帰れるのだ。

「いずれにしろ、この死体を片付けねばなるまい」

大井と痩身の男の死体が、路傍に横たわっていた。明朝まで、このままにはしておけない。

「土手へ引き込んでおきましょう。明朝、われらが引き取りますよ」

市谷が言った。

ふたりの死体は、孫八たちの手で土手の叢《くさむら》まで運ばれ、通りからは見えないように隠された。

「引き上げよう」

平兵衛たちは、その場から離れた。

7

神田川沿いの通りで鹿内たちとやり合ってから二日後、平兵衛はひとり竪川沿いのそば屋で、腹ごしらえをしてから長屋にもどった。陽は西の空にまわりかけていた。八ツ（午後二時）ごろであろうか。すこし遅いが、昼めしのつもりだった。

長屋はひっそりとしていた。赤ん坊の泣き声が聞こえるだけである。亭主たちは仕事に出ているし、子供たちも遊びに出ているせいだろう。

腰高障子の前まで来ると、流し場で水を使う音が聞こえた。

……おしげが来ているのか。

平兵衛の脳裏に、おしげの顔がよぎった。平兵衛の家へ勝手に入って水を使う長屋の者は、おしげぐらいしかいないのだ。

平兵衛は腰高障子をあけた。流し場に立っていたのは、まゆみである。

「父上、お帰りなさい」

まゆみが振り返った。流し場に置いたままにしてあった汚れた皿や丼を洗ってくれたらしい。

「ひとりか？」

家のなかに、右京の姿がなかった。

「ええ、近くまで来たので、父上がどうしているかと思って……」

まゆみは、武家言葉を遣った。長屋住まいであったが、武家の娘として育てたからである。

「茶でも淹れましょうか」

まゆみは洗い物を終えると、竈《へっつい》の前に立った。

「いい、いま、そば屋で飲んできたところだ」

平兵衛は、座敷に上がって腰を下ろした。

「そうなの」

まゆみは竈の前から離れ、片襷《だすき》を外して上がり框に腰を下ろした。

「何かあったのか？」

平兵衛が訊いた。

まゆみの顔に若妻らしい溌剌《はつらつ》とした表情がなかった。不安そうな翳《かげ》が張り付いている。

「心配なの」

まゆみが視線を膝先に落として言った。どうやら、心配事があって平兵衛に話しにきたらしい。

「何が心配なのだ」

「右京さまが……」

まゆみが平兵衛に顔をむけた。眉宇《びう》を寄せた顔には、不安と戸惑いの色がはっきりとあらわれていた。

「右京がどうかしたのか？」

「右京さま、ちかごろ剣術の稽古だと言ってよくお出かけになるんだけど、剣術の稽古ではないようなの」

「永山堂《えいさんどう》にでも、行っているのではないのか」

永山堂は日本橋にある刀屋だった。右京は刀の蒐《しゅう》集《しゅう》家《か》だとまゆみに話してあった。それで、ときおり永山堂に刀を見に出かけることになっていた。刀が特に好きだというわけではなく、研ぎ師の平兵衛の許を訪れることや殺しの仕事で出歩くことの口実にしていたのである。

「ちがうわ。……右京さま、何か危ないことをしているような気がするの」

まゆみは、蒼ざめた顔で首を横に振った。

「どうしてそう思うのだ？」

「一昨日《おととい》、遅く帰ったとき、右京さまの着物の胸に血が付いていたの」

まゆみの声が、震えた。強い不安が胸に衝《つ》き上げてきたようだ。

「……！」

一昨日は、神田川沿いで鹿内たちを襲った夜である。そういえば、右京は胸に返り血を浴びていた。

「それに、一昨日の夜、佐久間《さくま》町で斬り合いがあって、何人か斬り殺されたそうよ。長屋のひとが話してたのを聞いたわ」

平兵衛たちと鹿内たちとで斬り合った場所が、佐久間町である。

まゆみと右京の住む長兵衛店《ちようべえだな》は、神田岩本町にあった。岩本町は佐久間町の対岸にあたり、平兵衛たちが斬り合った場所から近い。あるいは、同じ長屋に住む者が通りかかって、死体を片付ける現場を目にしたのかもしれない。

「右京さまに訊いても、知らないと言うだけで……」

そう言うと、まゆみは肩を落とした。

平兵衛は困惑した。殺し人であることを口にすることはできない。平兵衛も、殺し人であることは秘匿してきた。まゆみを心配させたくない気持ちだけではない。まゆみは、心の優しい娘である。父や夫が、人を殺して暮らしの糧《かて》を得ていると知ったら、強い衝撃を受けるだろう。罪悪感に耐えられずに自ら命を絶つかもしれない。それが、恐ろしくて平兵衛は口にできなかったのである。

「まゆみ……」

平兵衛が声をかけた。

まゆみが顔を上げ、平兵衛に目をむけた。その目に、父親に縋《すが》るような色があった。

「剣術の稽古では、ときに真剣を遣うときもある。むろん、相手を斬るつもりはないが、誤って傷つけてしまうこともあるのだ」

平兵衛は、嘘をついてでもまゆみを納得させたかった。

右京は剣術の出稽古で、旗本や御家人の屋敷をまわり、礼金を暮らしの糧にしていることになっていた。ただ、それでは足りず、実家からも合力があるようだとまゆみには話してあった。

「……………」

「真剣だけではないぞ。刃引きの刀を遣っても同じだ。尖《とが》った切っ先で、肌を切り裂いてしまうことだってあるのだ。着物に血が付いていたからといって、すぐに斬り合ったと思われたのでは、稽古もできんぞ」

平兵衛は笑みを浮かべて言った。

「……」

まゆみの顔が、いくぶんやわらいだが、不安そうな翳は消えなかった。

「まゆみ、右京を信じてやれ」

最後は、そう言うしかなかった。

まゆみは虚空《こくう》に目をとめたまま凝《じっ》としていた。平兵衛も黙っていた。これ以上、嘘を並べても無駄である。

「……分かったわ」

まゆみが、コクリとうなずいた。

不安の翳が消え、心を決めたようなひきしまった顔になっていた。右京が何をしていようと、妻として生きる決意を強くしたのかもしれない。

第三章　闇討ち

1

平兵衛が腰高障子をあけて外へ出ると、長屋は淡い夕陽に染まっていた。陽が、家並の向こうに沈みかけている。

平兵衛はふだんの筒袖に軽衫《かるさん》姿で、来国光を腰に帯びていた。ちかごろ、遠出するときは用心のために帯刀していたのだ。鹿内たちのことが頭にあったからである。

七ツ（午後四時）を過ぎているだろうか。長屋は静かだった。いまは、女房たちが一休みしている時である。仕事に出た亭主や遊びに出た子供たちが帰れば、いつもの夕暮れ時の喧騒《けんそう》につつまれるだろう。

「あら、お出かけかい」

斜《はす》向かいの家からおしげが顔を出して、声をかけた。

「ああ、そこまでな」

平兵衛は、深川吉永町《よしながちょう》にある極楽屋へ行くつもりだった。昨日、嘉吉が長屋に来て、元締めから話があるので、明日、極楽屋に来て欲しいとの言伝《ことづて》があったのだ。

「暗くなる前に、帰った方がいいよ。佐久間町で、ふたりも斬り殺されたというし、ちかごろ物騒だからね」

おしげが、戸口に立ったまま言った。

「そうするよ」

平兵衛は足をとめずに家の前を離れ、路地木戸から通りへ出た。

竪川沿いの通りへ出ると、竪川にかかる二ツ目橋《ふたつめばし》を渡って深川へ入った。そして、北森下町《きたもりしたちょう》まで来たとき、平兵衛は背後を歩いている男を目にとめた。風呂敷包みを背負い菅笠《すげがさ》をかぶった行商人らしい男が、一町ほど後ろを歩いてくる。

……あやつ、わしの跡を尾けているのではあるまいか。

平兵衛は二ツ目橋を渡っているときに、その男を目にしたような気がしたのだ。

確かめてみよう、と平兵衛は思った。

前方に小名木川にかかる高橋《たかばし》が近付いてきた。さらにその先には、霊巌寺《れいがんじ》の杜《もり》のなかに堂の甍《いらか》が折り重なるように見えている。

平兵衛は高橋の手前まで来ると、足を速めて橋を渡った。そして、渡り終えると左手にまがり、小名木川沿いの通りに入った。

振り返ると、高橋を渡る行商人らしい男の姿がはっきりと見えた。慌てたように足を速めている。しかも、平兵衛と同じように左手にまがったのである。

……やはり、わしを尾けているようだ。

まちがいなかった。何者か知れないが、平兵衛を尾行しているようだ。

平兵衛は歩きながらそれとなく男に目をむけた。素人《しろうと》ではないらしい。歩く姿が敏《びん》捷《しょう》そうだった。それに、隙もない。ただの町人ではないだろう。

……まくか。

襲われるようなことはないだろうが、平兵衛は極楽屋に入るのを見られたくなかったのである。

小名木川沿いの通りをいっとき歩くと、町家の間に右手に入る細い路地があった。平兵衛は路地に飛び込んだ。小走りに路地を進み、半町ほどのところで細い路地につきあたった。

平兵衛は、すぐに右手にまがった。これで、尾行者をまけたはずである。しばらく歩いて、後ろを振り返ると、男の姿はなかった。

平兵衛はさらに路地をたどり、ふたたび仙台堀《せんだいぼり》沿いの通りへ出た。その通りを東にむかえば、極楽屋のある吉永町に出られるのだ。平兵衛はときおり極楽屋へ出かけていたので、この辺《あた》りの道筋には明るかったのである。

仙台堀にかかる要橋《かなめばし》のたもとまで来ると、左手に極楽屋が見えてきた。極楽屋とは妙な屋号だが、あるじの島蔵が洒落《しやれ》でつけたのである。

極楽屋は四方を屋敷の塀、寺の杜、雑草の生い茂った荒れ地、掘割などでかこまれていた。どうしてこんな場所に、一膳めし屋があるのか訝《いぶか》しがるような寂しい地である。ただ、近くを通りかかった者も近所の者も、極楽屋ではなく地獄屋と呼んで恐れ、立ち寄ることはなかった。店の客のほとんどが、無宿人、入墨者、親に勘当されて行き場のなくなった者、地まわりなど、二癖も三癖もありそうな連中ばかりだったからである。

極楽屋は縦に長い平屋造りで、棟のとっつきが縄暖簾の下がった店になっていた。店の奥は長屋のようになっていて、ならず者や宿無しなどが寝起きできるようになっていたのだ。

平兵衛は、縄暖簾をくぐって店のなかへ入った。店内は薄暗かった。大気のなかに、男の匂い、温気《うんき》、煮物の匂いなどが満ちている。

飯台を前にして、数人の男が酒を飲んだり、めしを食ったりしていた。髭面《ひげづら》の男、半裸の者、背に入墨の入っている者、隻腕《せきわん》の男など、いずれも真っ当な連中でないことは一目で知れた。

「旦那、お久し振りで」

髭面の男が、平兵衛に声をかけた。

源六《げんろく》という地まわりだった男である。他の連中も、平兵衛に頭を下げている。いずれも、平兵衛のことを知っているのだ。

「あるじはいるかな」

平兵衛が訊いた。

「へい、すぐに呼んできやす」

源六が立ち上がって、板場にむかった。

待つまでなく、源六が島蔵を連れてもどってきた。島蔵は板場で料理の支度《したく》でもしていたのか片襷姿だった。

「旦那、一杯やりやすかい」

島蔵はそう言ったが、渋い顔をしていた。あまりいい話ではないらしい。

「そうだな、もらうかな」

平兵衛は、今日は極楽屋で夕餉《ゆうげ》もすませて帰ろうと思っていた。めしの前に、一杯やるのもいいだろう。

「すぐに、支度しやすぜ」

そう言い置いて、島蔵は板場に入ると、銚子と猪口を手にしてもどってきた。後ろから嘉吉が、盆に載せた皿と小鉢を持ってきた。肴《さかな》らしい。

肴は鰈《かれい》の煮付けと冷《ひ》や奴《やっこ》だった。鰈は飴色に煮付けられ、いい匂いがした。うまそうである。真っ当な男なら二の足を踏むような店だが、けっこう肴はうまいのだ。

「まず、一杯」

島蔵は飯台の向かいに腰を下ろすと、銚子を取った。

「すまんな」

平兵衛は猪口を手にして酒を受けた。

ふたりで、いっとき酌み交わした後、

「それで、話とは?」

平兵衛が訊いた。

「昨日、助八《すけはち》が殺《や》られたんでさァ」

島蔵が声をひそめて言った。

助八という男は、極楽屋を塒《ねぐら》にしている日傭取《ひようと》りだった。平兵衛たちとも顔見知りで、ときどき人手が足りないときは手引き人の手先のようなこともしていた。

「だれに殺られたのだ？」

「分からねえ。……ただ、体中に棒か何かでたたかれた痕がありやしてね。何か、吐かされたんじゃァねえかとみてるんでさァ」

「拷問《ごうもん》か」

「まず、まちげえねえ」

「なぜ、助八が」

平兵衛は助八が拷問された理由が分からなかった。

「助八は、旦那たち殺し人のことを吐かされたんじゃァねえかとみてるんでさァ。それというのも、朴念が得体の知れねえ男に尾けられたと言ってやしたからね」

島蔵が大きな目をひからせて言った。

どうやら、島蔵はそのことを伝えるために平兵衛を呼んだらしい。

「元締め、わしも尾けられたぞ」

平兵衛が言った。

「旦那も……」

島蔵が驚いたような顔をした。

「それも、ここに来るときだ」

平兵衛は、長屋を出てからここへ来る間に、行商人らしい男に尾けられ、途中でまいたことを話した。

「まちげえねえ」

島蔵が平兵衛に目をむけて言った。

「旦那たち、殺し人のことを探っているやつがいるんですぜ」

「そのようだな」

「旦那、おれは鹿内たちじゃァねえかとみてるんでさァ」

「おれもそうみる」

殺し人たちの命を狙っているとすれば、鹿内たちの他にはいないだろう。

「どうしやす?」

「面倒なことになったな」

鹿内は殺し人である。相手を仕留めるためなら、どんな手でも遣ってくるだろう。闇討ちだろうと飛び道具だろうとかまわない。それに、鹿内は腕が立つ。まともに立ち合っても斬られるかもしれない。

「早く手を打たねえと、他にも殺られるやつが出やすぜ」

島蔵の顔に苦悶の表情が浮いた。

「わしたちが、先に鹿内を斃《たお》すしか手はないな」

相手が殺し人なら、殺るか殺られるかである。

2

「旦那、今夜は泊まっていったらどうです？」

島蔵が声をかけた。

島蔵は平兵衛が長屋の独り暮らしであることを知っていて、極楽屋に泊まってもかまわないだろうと思ったらしい。

「いや、帰る」

まだ、暮れ六ツ（午後六時）を過ぎたばかりだった。それに、帰るつもりで酒も酔わない程度にしてあった。

「気をつけてくだせえ」

島蔵は店先まで平兵衛を送ってきた。

店の外は淡い夕闇につつまれていた。木場と江戸湊《みなと》が近いせいで、生暖かい風のなかに木の香と潮の匂いがする。付近には空き地や貯木場などが多く、町家はまばらだった。

極楽屋の前の路地には人影がなかったが、仙台堀沿いの通りにはまだ人の姿が見られた。迫り来る夕闇に急かされるように足早に通り過ぎていく。

平兵衛は極楽屋の前の掘割にかかっているちいさな橋を渡って、すこし路地を歩いて仙台堀沿いの通りへ出た。

要橋のたもとを過ぎると、前方に亀久橋《かめひさばし》が見えてきた。橋梁が夕闇につつまれ、人影はなかった。だいぶ、暗くなってきたようである。

そのとき、平兵衛は背後から近付いてくる足音を聞いた。獲物に近付いてくる獣のような足音である。

……やつだ！

菅笠をかぶった行商人ふうの男だった。

まいたはずだが、尾けてきたのであろうか。平兵衛は、足をとめた。こうなったら、男を斬るか、捕らえて口を割らせるかしかないと思った。

と、男も足をとめた。そして、背負っていた風呂敷包みを路傍に置いた。逃げようとしているのではない。平兵衛と戦おうとしているのだ。

そのとき、亀久橋のたもとの樹陰から別の人影があらわれ、小走りに近付いてきた。袴姿で二刀を帯びている。

……鹿内か！

まだ、顔ははっきりしなかったが、中背で肩幅のひろい体軀が見てとれた。鹿内にまちがいない。

鹿内は疾走《しっそう》してきた。一気に、平兵衛に迫ってくる。

背後の行商人ふうで町人体の男も近付いてきた。匕首を手にしている。男の身辺には殺気だった雰囲気がただよっていた。この男も殺し人かもしれない。

……挟み撃ちか！

不利だ、と平兵衛は察知した。

鹿内だけでも互角であろう。もうひとりは町人体だが、侮《あなど》れない。鹿内だけに集中すれば、匕首で仕留められるかもしれない。

平兵衛は逃げようと思い、通りの前後に目をやったが、鹿内と行商人ふうの男は、十数間ほどの距離に迫っていた。

……逃げられぬ！

平兵衛は、仙台堀を背にして立った。せめて、背後からの攻撃を避けようと思ったのである。

平兵衛と対峙したのは鹿内だった。まだ、刀に手をかけず、両腕を垂らしていた。口元にうす笑いが浮いている。

一方、行商人ふうの男も、すばやい動きで平兵衛の左手にまわり込んできた。菅笠はかぶったままだが、浅黒い肌と肉をえぐりとったようにこけた頰が見えた。すこし背を丸め、胸の前に匕首をかまえている。

「安田、この前の借りを返すぞ」

鹿内がくぐもった声で言った。

「うむ……」

平兵衛は何も応えず、通りの左右にすばやく目をやった。まだ、逃げ道を探していたのである。

そのとき、亀久橋を渡ってくる人影が見えた。夕闇のなかに霞《かす》んでいたが、三、四人はいるようだ。あの男たちがこちらに来れば、逃げられるかもしれない、と平兵衛は思った。

「行くぞ!」

鹿内が抜刀した。

「やるしかないようだな」

平兵衛も腰に帯びてきた来国光を抜いた。

鹿内との間合はおよそ四間。まだ、一足一刀の斬撃の間からは遠い。左手の男との間合も、ほぼ同じだった。

鹿内は下段に構えた。両肩をすこし落とし、ゆったりと構えている。切っ先が平兵衛の膝頭あたりにつけられていた。霞籠手の構えである。

平兵衛は逆八相に構えた。虎の爪で、霞籠手と対戦するつもりだった。

「虎の爪か」

鹿内は射るような目で平兵衛を見つめながら、切っ先を右手にむけ、刀身を寝かせるように構えた。籠手ではなく、脇腹を狙う構えに変えたのだ。

平兵衛は、刀身を高く構えなおした。すこしでも斬撃を迅くするためである。平兵衛は構えを変えながら、一瞬亀久橋の方へ目をやった。

……来る！

橋を渡り終えた男たちが、こちらにむかって来る。

四人いた。まだ、遠方だったが、男たちが黒の半纏を羽織っているのが見てとれた。近くの材木問屋に奉公している川並《かわなみ》か船頭のようである。

鹿内が趾《あしゆび》を這うようにさせて、ジリジリと間合をつめてきた。その動きと合わせるように、行商人ふうの男も間合を狭めてくる。

鹿内の全身に気勢が満ち、下から突き上げてくるような威圧があった。行商人ふうの男の身辺からも鋭い殺気が放たれている。

……もうすこしだ。

平兵衛は、四人の男が近付いてくるのを待っていた。目はむけられなかったが、風のなかに男たちの声が聞こえ、しだいに近付いてくるのが分かった。

ふいに、鹿内が寄り身をとめた。一足一刀の間境の半歩手前である。

左手の行商人ふうの男は、寄り身をとめなかった。一歩踏み込めば、匕首のとどく間合に迫っている。

……先に仕掛けるのは町人か！

平兵衛は読んだ。

鹿内は、平兵衛が行商人ふうの男に気をむけ、体を動かした瞬間をとらえて霞籠手の呼吸で逆袈裟に斬り上げるつもりなのだ。

……いま、仕掛けねば後れをとる！

察知した瞬間、平兵衛の全身に斬撃の気がはしった。

イヤァッ！

平兵衛は裂帛《れっぱく》の気合を発し、体を反転させると町人体の男にむかって疾走した。

刹那、かすかな刃唸《うな》りの音がし、脇腹に疼痛《とうつう》がはしった。

霞籠手だ！

平兵衛は頭のどこかで脇腹を斬られたことを感知したが、動きをとめなかった。走りざま、町人体の男にむかって虎の爪の斬撃をみまった。

一瞬、男は後ろに身を倒して、平兵衛の斬撃をかわそうとした。だが、間にあわなかった。平兵衛の一颯《いっさつ》は、神速である。

ザクリ、と男の肩先が裂けて、血が噴いた。

男は獣の咆哮《ほうこう》のような叫び声を上げ、這うように川岸の方へ逃れた。だが、致命傷ではない。まだ、戦えるはずである。

平兵衛は男の脇を走り抜けた。虎の爪の疾走である。

「待て！　逃げるか」

鹿内が追ってきた。

平兵衛は走った。脇腹に痛みがあったが、臓腑に達するほどの深手ではなかった。

皮肉を裂かれただけであろう。

前方から歩いてきた四人の男は、目を剝き凍りついたようにつっ立っていた。白刃を引っ提げて走ってくる平兵衛と鹿内を目にしたようだ。

「つ、辻斬りだ！」

平兵衛が喘《あえ》ぎながら声を上げた。

すると、四人のなかほどにいた男が、

「辻斬りだ！」

と、大声で叫んだ。つづいて、他の三人が、ワアッ、と悲鳴を上げ、平兵衛といっしょになって駆けだした。

その様子を見て、鹿内が足をとめた。追うのを諦めたらしい。

平兵衛たちは、さらに半町ほど走ってから足をとめた。

「つ、辻斬りは、追ってこねえ」

三十がらみの男が、荒い息を吐きながら言った。

見ると、夕闇のなかに去っていく鹿内の背が見えた。町人体の男もよろめきながら、鹿内の後を追っていく。

「た、助かった……」

胸が苦しい。平兵衛は身をかがめて、ゼイゼイと荒い息を吐いた。心ノ臓が吹子《ふいご》のように激しく鼓動している。

「じ、爺さん、腹から血が出てるぜ」

三十がらみの男が、平兵衛の脇腹に目をやった。

「だ、だいじょうぶだ。……そ、それほどの傷ではない」

荒い息を吐きながら言うと、平兵衛は左手で脇腹を押さえてゆっくりと歩きだした。まだ、出血していたが、命にかかわるような傷ではなかった。

仙台堀沿いの道は濃い夕闇につつまれていた。平兵衛は背を丸め、足を引きずるようにして歩いた。長屋にもどって、手当てするつもりだった。

3

「旦那、舟で行きやしょう」

孫八が言った。

深川入船《いりふね》町にある甚《じん》右《え》衛門店《もんだな》だった。そこは、孫八の家である。

平兵衛は鹿内たちに襲われた後、庄助長屋にもどって自分で手当てすると、翌朝長屋を出た。極楽屋に行くとき跡を尾けられたことから、鹿内たちに長屋もつきとめられているとみたのである。怪我を負っているうえに、寝込みを襲われたらひとたまりもない、と平兵衛は思い、孫八の許に身を隠したのだ。極楽屋でもよかったが、鹿内たちは極楽屋もつきとめているはずなので、迂闊《うかつ》に出歩けないと踏んだのである。

平兵衛が、孫八の家に身を隠して五日経《た》っていた。昨日、孫八が市谷と接触し、一吉で会って、今後の策を立てたい、との言伝《ことづて》をもってきたのだ。

孫八は平兵衛の脇腹の傷のことも考えて、入船町から柳橋まで、猪牙舟で行く手筈《てはず》をととのえてくれたようだ。

甚右衛門店に近い掘割の桟橋に数艘《そう》の猪牙舟が舫《もや》ってあり、一艘の舟に朴念が乗っていた。朴念も一吉へ行くようだ。

「旦那、腹の傷はどうです？」

平兵衛が乗り込むとすぐ朴念が訊いた。

孫八は艫《とも》に立ち、棹《さお》を握っている。

「たいした傷ではない。三、四日もすれば、刀をふるえるようになろう」

平兵衛は脇腹を撫でながら言った。

すでに血はとまっていた、痛みもほとんどない。ただ、まだ激しく動くと傷がひらいて出血する恐れがあったので、晒《さらし》を巻き、激しい動きを控えていたのだ。

「そりゃァよかった。旦那がいねえと、おれたちだけじゃァ荷が重いからな」

朴念は坊主頭を撫でながら言った。

「舟を出しやすぜ」

孫八が、棹をあやつって舟を桟橋から離した。

舟は入船町から掘割をたどって仙台堀へ出ると、水押《みお》しを大川の方へむけた。入船町から柳橋まで、掘割と大川をたどれば陸を歩かずに舟で行けるのだ。

孫八は大川に入ると棹を櫓《ろ》に替えた。舟は水押しを川上にむけてさかのぼっていく。

両国橋の近くまで来ると、孫八が舟を左手の岸に寄せ始めた。柳橋の家並が目の前に迫っている。

孫八は桟橋に船縁《ふなべり》を寄せると、舫い杭に舟を繋いだ。

「下りてくだせえ」

孫八の声で、平兵衛たちは舟から桟橋に下りた。孫八によると、一吉の舟はこの桟橋を利用して客を送迎するのだという。

桟橋から一吉は近かった。川沿いの道をいっとき歩き、右手にまがるとすぐに一吉の店先に出る。

暖簾をくぐると、吉左衛門が顔を出し、平兵衛たちを二階の座敷に案内してくれた。以前、市谷たちと密談をもった座敷である。

座敷には、市谷と伊沢の姿があった。孫八から、右京と島蔵も来ることになっていると聞いていたが、まだふたりの姿はなかった。

平兵衛たちが座敷に腰を下ろすとすぐ、市谷が、

「安田どの、手傷を負われたそうですが」

と、訊いた。孫八と会ったときに聞いたのかもしれない。

「たいした傷でない」

平兵衛は、鹿内たちに襲われたときの様子をかいつまんで話した。

「鹿内という男は、それほどの遣い手ですか」

市谷が驚いたような顔をした。

「遣い手だ。それに、敵を斃すためなら、どのような手も遣ってくる」

平兵衛は、恐ろしい敵だと思っていた。

「強敵でござる」

市谷と伊沢が、顔をけわしくした。

そんなやり取りをしているところへ、島蔵が顔を見せた。いっとき後れて、右京も

姿をあらわした。

右京は平兵衛の姿を見るなり、

「出歩いても、大丈夫ですか」

と、訊いた。すでに、右京とは孫八の家で会っていて、鹿内たちに襲われ手傷を負ったことは話してあったのだ。

「大事ない」

平兵衛は笑みを浮かべて言った。

右京が膝を折ると間もなく、吉左衛門が酒肴の膳を手にした女中を連れてきて、男たちの前に膳を並べ始めた。

膳を並べ終えると、吉左衛門は、

「ご用があれば、声をかけてください」

と言い残し、座敷から出ていった。

平兵衛たちがいっとき喉を潤《うるお》すと、

「今後、どのような手を打ったらいいか、相談したいのです」

と、市谷が切り出した。

「鹿内や久保を見付け出して討つしかないが……」

平兵衛が言うと、右京と朴念もうなずいた。いずれの顔も、ひき締まっている。敵が、平兵衛たち殺し人を狙って動きだしたのだ。

「討つにしても、鹿内と久保だけじゃァねえぜ。仲間がくわわったようだ」

朴念が、いままで見たことのない小柄な武士に跡を尾けられたことを話した。

「わしの跡を尾けたのも、別の男だ」

平兵衛は、行商人ふうの町人のことを話した。

「早く始末をつけねえと、さらに増えるかもしれねえ」

と、朴念。

「それにしても、だれが、鹿内たちに金を出しているのであろうな。宇津藩の家中の大物が、後ろ盾になっているのではないかな」

平兵衛は、行商人ふうの男も殺し人ではないかと思った。何人も殺し人を雇うとなると、相当の資金がいるだろう。そのことを話すと、

「実は、われらも久保や鹿内たちの後ろ盾になっている者がいるのではないかとみて、探っておりました。……伊沢から、話してくれ」

そう言って、市谷が伊沢に目をむけた。

「資金のこともありますが、久保や大井に隠れ家を提供した者がいるのではないかと

思い、心当たりは探ってみました」

伊沢によると、江戸藩邸に住む家臣のなかに、それだけの資金や隠れ家をひそかに提供できる者はいないとみて、宇津藩に縁があり、河津一族とつながりのあった商人をあたったという。

「そこで、浮かび上がったのが、池野屋惣兵衛《いけのやそうべえ》です」

惣兵衛は黒田屋が宇津藩の蔵元になる前、藩米の廻漕を一手に引き受けていた男で、河津重右衛門と昵懇《じっこん》で、池野屋からかなりの賄賂《わいろ》が河津一族に渡っていたとの噂があったという。河津一族と池野屋の癒着《ゆちゃく》を察知した波多野たちは、改革を推進するために蔵元を池野屋から黒田屋に替えたそうである。

河津一族が波多野派の改革に強く反対したのは、池野屋との関係が切れることもあったらしいという。

「そういうことか」

平兵衛は久保や大井が、鹿内たち殺し人を使ってまで、安藤や波多野などを暗殺しようとした背景が見えてきたような気がした。河津一族は執政の座から引き摺《ず》り下ろされた恨みだけでなく、池野屋から流れていた金も失ったのだ。それを何とか取り戻そうとして刺客を送ったのであろう。

「それに、久保と大井が、池野屋と接触した節があるのです」

池野屋は八丁堀、南茅場町《みなみかやば》にある廻船問屋の大店だという。伊沢たち目付の者が、池野屋に当たり、奉公人から久保と大井らしい武士が、何度か店に来て惣兵衛と会ったことを聞き出したという。

「鹿内たちの金も、池野屋が出したのだな」

朴念が言った。

「隠れ家も、池野屋が提供したのかもしれんな」

平兵衛は、池野屋ほどの大店なら、隠れ家になるような寮や借家なども所有しているのではないかと思った。

「そういうことなら、あっしらが探ってみやすぜ」

孫八が低い声で言った。

それから半刻（一時間）ほど、平兵衛たちは今後のことを相談してから立ち上がった。

ただ、妙案があったわけではなかった。結局のところ、鹿内たちの隠れ家を一刻も早く見つけ出して討つしか手はなかったのだ。

一吉から出ると、右京が平兵衛に、

「庄助長屋には、いつごろもどられます？」

と、訊いた。

「刀がふるえるようになるまで、孫八の世話になるつもりだ」

それも長い間ではない。

「そうした方がいいでしょうね」

「まゆみに、わしが怪我をしたことは話さんでくれ。いらぬ心配をかけたくないのでな」

庄助長屋を離れていたのは、まゆみに怪我をしたことを隠すためもあったのだ。

「そうしますよ」

「それから、右京も殺し人であることを気付かれんようにな。返り血は、落としてから帰った方がいい」

「気をつけます。……ところで、鹿内はわたしにやらせてもらえませんか」

右京が平兵衛に目をむけて言った。表情は動かなかったが、目には剣客らしい鋭いひかりがあった。

「いや、それはできぬ。鹿内の殺しは、五年前におれが受けているのだ」

平兵衛は、剣客としてだけでなく殺し人としても、鹿内だけは自分の手で始末したかったのだ。

「そう言うと思いましたよ」

右京は微笑を浮かべてうなずいた。

4

孫八と俊造は、南茅場町の日本橋川沿いの道を歩いていた。廻船問屋の池野屋からたぐって、鹿内や久保たちの隠れ家をつきとめるためだった。

孫八は菅笠をかぶり、行李《こうり》を入れた風呂敷包みを背負っていた。行商人ふうである。一方、俊造は黒の半纏に股引姿で、船頭か職人のような格好をしていた。尾行や探索のおりには、町を歩きまわっても不審を抱かせないように身装《みなり》を変えていたのだ。

「あれだ、池野屋は」

孫八が前方を指差した。

廻船問屋の大店らしい土蔵造りの堅牢《けんろう》な店舗である。脇に船荷をしまう倉庫が二棟あり、店の裏手には土蔵があった。ちょうど、桟橋から船荷が着いたところらしく、人足や印半纏《しるしばんてん》を羽織った奉公人らしい男たちが、大八車に積んだ叺《かます》や俵などを倉庫に運び入れていた。

「ここで、別れやすかい」

俊造が小声で言った。

ここへ来る道すがら、ふたりで雁首《がんくび》をそろえて聞きまわるより別々の方が埒《らち》があくだろう、と話してあったのだ。

「暮れ六ツ（午後六時）ごろ、江戸橋のたもとでな」

孫八が言った。

江戸橋は日本橋川にかかる橋で、南茅場町から近かった。聞き込みを終えたら、江戸橋のたもとで顔を合わせることになっていたのだ。

俊造はひとりになると、池野屋の店先の方へ足を運んだ。孫八は店の裏手へまわると言って、路地へ入っていったのだ。

……店のなかで訊くわけには、いかねえなァ。

俊造のような男が、店先で訊いたら不審がられるだろう。

店先を覗きながら通り過ぎると、日本橋川の半町ほど先に桟橋があるのが目に入った。船荷を運ぶための桟橋らしく、船頭や人足たちが荷を積んだ艀《はしけ》から米俵を下ろしていた。数艘の猪牙舟が舫《もや》ってあり、そこにも半纏に股引姿の船頭らしき男の姿が見えた。

……船頭に訊いてみるか。

俊造は思った。

俊造は中背で、がっちりした体軀をしていた。動きも敏捷そうである。

実は、俊造も三年ほど前まで船頭をしていたのだ。深川、今川町《いまがわ》にある淀屋《よどや》という船宿に勤めていたのである。

ところが、淀屋にいられなくなった。原因は博奕《ばくち》である。俊造は博奕好きで若いころから賭場に出入りしていた。そのせいで、淀屋の仕事を無断で休むこともすくなくなかった。ふだんから、俊造の勤めぶりに不満を持っていた淀屋のあるじは、俊造が賭場で喧嘩《けんか》をし、十日ほど店を休んだとき、いい機会だとばかり店をやめさせたのである。

そのとき、俊造は二十二歳だった。長屋住まいの親の厄介《やっかい》になるわけにもいかず、真っ当な男なら嫌がるような危険な普請場で日傭取りをしたり、紙屑《かみくず》拾いをしたり、ときには金のありそうな商家の若旦那に因縁をつけて金を脅《おど》し取ったりしていたが、極楽屋のことを知って住み着いたのである。

当初は他の男たちと同じように島蔵の斡旋《あっせん》で、日傭取りや人足などをしていたが、二年ほど前、仲間の男ふたりが、通りかかった三人の川並と極楽屋の前で喧嘩になった。そのとき、俊造がくわわり俊敏な動きで川並たちをたたきのめしたのだ。その様子を見ていた島蔵が、手引き人をやってみないか、と勧めたのである。手引き人が足りないこともあったが、島蔵は俊造の俊敏さと舟を扱う巧《たく》みさ、それに賭場のことにもくわしかったので役に立つと踏んだのである。

桟橋につづく短い石段があった。俊造は石段の隅に腰を下ろして、桟橋に目をやった。池野屋の奉公人か船頭はいないか探したのである。

舫ってある猪牙舟の船梁《ふなばり》に腰を下ろし、莨《たばこ》を吸っている男がいた。三十がらみであろうか。色の浅黒い丸顔の男である。

男の着ている黒の半纏の背に、丸に池の字が記されていた。池野屋の船頭らしい。船荷を運び終え、一服しているところのようだ。

俊造は石段を下り、男の舟に近寄った。

「池野屋の者かい」

俊造が声をかけた。

「そうだが、おめえは」

男の顔に訝《いぶか》しそうな表情が浮いた。

「おれも船頭でな。栄造《えいぞう》ってえんだ」

俊造は、咄嗟に浮かんだ偽名を口にした。自分の名は隠しておきたかったのである。

「それで、おれに何か用かい」

男はつっけんどんな物言いで訊き、手にした煙管《きせる》の雁首を船縁でたたいた。吸い殻が川面に落ちて灰の色がひろがったが、すぐに流れに呑み込まれるように消えてしまった。

「ちょいと、訊きてえことがあってな」

俊造は、手早くふところから巾着《きんちゃく》を取り出し、波銭を何枚かつまみだすと、酒代にしてくんな、と小声で言って、男の手に握らせてやった。

「ヘッヘヘ……。すまねえなァ」

途端《とたん》に、男は目尻を下げた。

「でけえ声じゃァいえねえが、できちまってよ」

そう言って、俊造は男に小指を立ててみせた。

「いい女かい」

男は好色そうな目をして訊いた。

「まァな。……ちょいと、わけありでな。女を隠しておきてえんだ」

俊造は声をひそめた。

「それで？」

男は船梁に下ろしている尻をずらして、俊造に身を寄せてきた。どうやら、こうした類いの話が好きらしい。

「噂を聞いたんだがな、池野屋は女を隠しておけるような借家を持ってるってえじゃァねえか」

俊造は借家から聞き出そうと思った。

「あるにはあるが、もう遅《おせ》えぜ」

「どういうことだい？」

「お侍に貸してあるらしいや」

「侍だと！」

俊造は、久保か鹿内ではないかと思った。

「ああ、お侍といっても牢人だがな」

「なんてえ、名だい？」

「名まではしらねえよ」

「どこにある?」

「行ったことはねえが、浅草今戸《いまど》町らしいぜ。……大川端だと聞いたことがあるな」

男の顔に不審そうな表情が浮いた。俊造の問いが執拗《しつよう》だったので、岡っ引きの聞き込みのように感じたのかもしれない。

「先口がいるんじゃァだめだな。……他にはねえのかい」

俊造はもっともらしい顔をして訊いた。

「知らねえなァ」

男の声に突っ撥《ば》ねるようなひびきがあった。これ以上、話したくないようだ。

「隠居所はねえのかい」

かまわず、俊造が訊いた。

「あるらしいが、どこにあるか知らねえぜ」

男は腰を上げて舟から出ると、店に行って訊いてみた方が早《はえ》えぜ、と言い残し、石段の方へ歩きだした。

俊造は男が石段を上がって行くのを見ながら、

……これだけ分かりゃァ上々だぜ。

とつぶやき、胸の内でほくそ笑んだ。

それから、俊造は通りにもどり、話の聞けそうな表店に立ち寄って、それとなく訊いてみたが、久保や鹿内にかかわるようなことは何も聞き出せなかった。

江戸橋のたもとに行くと、孫八の姿があった。

ふたりは江戸橋を渡り、日本橋川沿いの道を川下にむかいながら、それぞれ聞き込んだことを話した。

俊造が浅草今戸町に池野屋の借家があり、そこに牢人が住んでるらしいことを話すと、

「そいつは、鹿内かもしれねえぜ。……俊造、やったじゃァねえか」

孫八が感心したように言った。

「おれの方は、ていしたことは出てこねえ」

孫八は、池野屋の裏口から出てきた女中に話を聞いたという。その女中の話によると、いまでも、池野屋に宇津藩士が姿をみせ、二日前にはふたりで来て惣兵衛と話し込んでいたそうである。

「久保の他にも、宇津藩の家臣がいるってことだな」

孫八が言い添えた。

「後ろ盾になっているやろうかもしれませんぜ」

と、俊造。

「まだ、はっきりしたことは分からねえ」

「どうしやす？　明日も池野屋を探ってみますかい」

俊造が、孫八に顔をむけて訊いた。

「いや、今戸町へ行ってみようじゃァねえか。そっちの方が早え」

孫八が言うと、俊造も目をひからせてうなずいた。

5

曇天《どんてん》だった。暗い雲が垂れこめているせいか、大川の川面が鉛色に見えた。その川面に無数の波の起伏を刻みながら、両国橋の彼方《かなた》まで流れている。猪牙舟や荷を積んだ艀などが行き来していたが、いまにも雨の降ってきそうな空模様のせいもあって、ふだんよりすくないようだ。大川はいつもと表情を変え、荒涼とした雰囲気につつまれていた。

孫八と俊造は、浅草花川戸《はなかわど》町の大川端を歩いていた。今戸町へ行くつもりだった。

四ツ（午前十時）ごろであろう。ふたりは、深川の入船町の桟橋から舟で出て、吾《あ》妻橋《ずまばし》のちかくにある桟橋に舟をとめて陸へ上がったのだ。

しばらく歩くと、山谷堀《さんやぼり》にかかる今戸橋が見えてきた。その橋を渡った先が今戸町である。

「孫八さん、池野屋の借家は大川端にあると聞いてやすぜ」

俊造が歩きながら言った。

「この道を行った先で、訊いてみるか」

ふたりの歩いている道は、大川に沿ってつづいていた。

今戸橋を渡り、いっとき歩くと、通りの左右の家並がまばらになってきた。表店も小体《こてい》な店が多くなり、空き地や笹藪《やぶ》、場所によっては雑木林なども残っていた。通りを歩く人影もすくなくなり、職人や商家の奉公人などはあまり見られなくなった。

「あそこの八百屋で、訊いてみるか」

通り沿いに小体な八百屋があった。店先に人参、葱《ねぎ》、青菜、笊《ざる》に入った豆類などが並んでいる。すこし萎《しお》れているように見えるのは、客がすくないせいで売れ行きがかんばしくないからであろう。

孫八が、店のなかの漬物樽《だる》の前に親爺がいるのを見て、

「ごめんよ」

と、声をかけた。

親爺が振り返り、前だれで汚れた手を拭きながら出てきた。漬物樽のなかに手を入れていたらしい。

「へい、何か……」

親爺は怪訝《けげん》な顔をした。店先に立った孫八と俊造の姿を見て、客とは思わなかったようだ。

孫八は巾着から波銭をつまみ出し、親爺の手に握らせながら、

「ちょいと、訊きてえことがあってな」

と、切り出した。

親爺は銭を握りしめながら愛想笑いを浮かべ、こいつは、すまねえ、と言って、首をすくめるように頭を下げた。

「この近くに、池野屋の借家はあるかい」

孫八が訊いた。

「池野屋ですかい……」

親爺は首をひねった。

「南茅場町の廻船問屋だ。この辺りにあると聞いてきたんだがな」

「そういやァ、廻船問屋の持ち家がありやすぜ。……池野屋だったかなァ」

はっきりしないようだ。

「その借家に、だれか住んでるのかい。いい家なら、借りてえと思ってな」

孫八がもっともらしい顔をして言った。俊造は孫八の後ろで、ふたりのやり取りを聞いている。この場は孫八にまかせるつもりらしい。

「お侍が住んでるらしいですぜ」

親爺が言った。

「牢人かい」

「へえ、ご牢人のようでさァ」

「その借家はどこだい？」

孫八は、しめた、と思った。池野屋の借家にまちがいないようだ。

「二町ほど行った先でさァ」

親爺によると、川端の雑木の疎林のなかに板塀を巡らせた古い仕舞屋《しもたや》があるという。

「手間を取らせたな」

そう言い残し、孫八と俊造は通りへ出た。

「鹿内の隠れ家が、つきとめられそうだな」

足早に歩きながら、孫八が言った。

二町ほど歩くと、前方右手に雑木林が見えてきた。林といっても、栗、椚《くぬぎ》、山紅葉《やまもみじ》などの疎林で、笹藪や叢《くさむら》なども混じっていた。

「家がありやすぜ」

俊造が言った。その疎林のなかに、板塀をめぐらせた古い仕舞屋がある。

「あれだな」

「どうしやす?」

「まず、だれが住んでいるか確かめねえとな」

だが、家を覗き込むわけにはいかなかった。住人に気付かれないように探らねばならない。

ふたりは家の近くまで行くと、林のなかに目をやった。小径《こみち》があった。家の木戸門の前までつづいているらしい。木戸門といっても、片開きの簡素な門扉《もんぴ》がついているだけである。鍵も閂《かんぬき》もかかっていないらしい。

ふたりは足音を忍ばせて小径をたどり、家の近くまで行くと、灌木《かんぼく》や笹藪の陰などに身を隠しながら板塀のそばに近寄った。

板塀に身を寄せてなかの様子を窺《うかが》ったが、人影は見えないし、物音も人声も聞こえてこなかった。耳にとどくのは、林のなかで囀《さえず》っている野鳥の鳴き声と家の先に見える大川の流れの音だけである。

「家の前にまわってみよう」

そう言って、孫八は足音をたてないように板塀沿いに家の正面の方へ移動した。俊造は後ろからついてきた。

雑木林の向こうに大川の川面がひろがり、流れの音がしだいに大きくなってきた。家は大川の景観が見えるように建ててあるらしい。

家の正面にまわり、腰を屈めて板塀の節穴からなかを覗いて見た。狭い庭があり、そのつづきが雑草の茂った空き地になっていた。その先が大川である。滔々《とうとう》とした大川の流れが一望できるような眺めのいい閑静《かんせい》な地である。借家だが、元は隠居所にでも使っていたのかもしれない。

「人はいるようですぜ」

俊造が小声で言った。

家の方に目をやると、庭に面して縁側があった。その奥に障子があったが、あいている。人影はなかったが、住人はいるようだ。

「顔を見せねえかな」

障子のあいた座敷に人のいるような気配がした。

「で、出てきた！」

俊造が声を殺して言った。

黒い人影が廊下に近寄ってきた。小袖に袴姿だった。武士である。

「鹿内じゃァねえぜ」

姿を見せた武士は、小柄でずんぐりした体軀だった。

孫八が平兵衛から聞いていた鹿内の体軀は、中背でどちらかといえば痩せているということだった。

武士は縁側まで出てきて、外を覗いていたが、すぐにひっ込んでしまった。空模様でも眺めたのかもしれない。遠方のため顔ははっきりしなかったが、小柄であることは分かった。

「朴念さんが言ってた武士かもしれねえ」

孫八は、朴念が小柄な武士に跡を尾けられたと話していたのを思い出した。

「いずれにしろ、やつも仲間ですぜ」

「おれも、そうみたぜ」

それから、孫八と俊造はその場に半刻（一時間）ほどもひそんでいたが、だれも姿を見せなかった。

「通りに出て、もうすこし訊いてみるか」

孫八が屈めていた腰を伸ばした。

「そうしやしょう」

「その前《めえ》に、腹ごしらえをしねえとな」

孫八は腹がへっていた。空は雲におおわれて、陽は見えなかったが、九ツ（正午）はとっくに過ぎているはずである。

「そいつはいい」

俊造はすぐに同意した。孫八と同じように腹をへらしていたらしい。

二人は通りをしばらく歩き、小体なそば屋を見つけて入った。

注文を訊きにきた小女に、そばを頼んだ後、

「林のなかに、借家があるのを知ってるかい」

と、孫八が声をかけた、念のために、訊いてみようと思ったのである。

「知ってますよ」

十七、八と思われる小太りの女は、すぐに答えた。
「住んでるのはひとりかい」

「能勢《のせ》さま、ひとりですよ」

小女はそれだけ言うと、きびすをかえして板場の方へもどってしまった。

「名は能勢だぜ」

孫八が低い声で言った。

6

平兵衛は、掘割沿いの空き地で刀を振っていた。そこは、入船町の甚右衛門店の近くである。だいぶ傷が癒《い》えてきたので、試しに刀を振ってみたのである。

……大事ないようだ。

刀を振ると軽い痛みがあったが、傷口がひらくようなことはなさそうだった。

久し振りで、真剣を手にしたこともあり、平兵衛はしばらく素振りをつづけた。いっときすると、体が熱くなり額に汗が浮いてきた。

……このくらいにしておくか。

そう思って、刀を鞘に納めたとき、背後から近寄ってくる足音が聞こえた。振り返ってみると、孫八だった。そばに俊造の姿もある。

「旦那、いいんですかい、刀などを振って」

孫八が訊いた。

「このとおりだ」

平兵衛は肩をまわしてみせた。

「よかった。旦那が刀を遣えるようになりゃァ、鬼に金棒だ」

孫八が目を細めて言った。

「ところで、何だ？　ふたりそろって」

平兵衛は、鹿内たちのことで、何か報せることがあって孫八たちが姿を見せたのだろうと思った。

「隠れ家がみつかりやしたぜ」

孫八が平兵衛に身を寄せて言った。

「鹿内か」

「それが、能勢ってえやつなんで」

孫八が、池野屋から浅草今戸町の借家までたどりついたこと、さらに、住人が能勢という名の武士であることなどをかいつまんで話した。

「小柄で、ずんぐりした体でさァ」

脇で、俊造が言い添えた。

「朴念を尾けた男ではないかな」

「あっしらも、そうみやした」

「うむ……」

どうやら、鹿内たちに新しくくわわった仲間らしい。

「どうしやす」

孫八が訊いた。

「隠れ家にいるのは、能勢という男ひとりか」

「へい」

「泳がせておくのも手だが、早く始末をつけたいな」

鹿内たちが、いつ右京や朴念などを襲ってくるかしれないのだ。そうなる前に、鹿内たちの隠れ家もつきとめたかった。

「能勢の口を割らせた方が早いかもしれんな」

「借家に踏み込めば、つかまえられやすぜ。まわりが林になっていやしてね。人目にはつかねえ」

孫八が言った。

「よし、朴念にも話して手を借りよう」

朴念なら、能勢が跡を尾けた男かどうか分かるはずだ。それに、斬らずに捕らえるには、朴念のような男の力が必要である。

「あっしが、話しやすぜ」

「そうしてくれ」

平兵衛は、明日にも今戸町へ行きたいことを言い添えた。

これからでは無理である。曇り空で陽の位置は分からなかったが、辺りは夕暮れ時のように薄暗かったのだ。


翌朝、入船町の桟橋に、平兵衛、朴念、孫八、俊造の四人が集まった。舟の艫《とも》で棹を握っているのは俊造である。

「出しやすぜ」

俊造が声をかけ、舟を桟橋から離した。船頭をやっていただけあって、棹の扱いは巧みである。

舟は掘割をたどって大川へ出ると、水押しを川上にむけてさかのぼり始めた。昨日とうって変わって、今日は晴天だった。川面が朝陽を反射《はね》て、無数の金砂を撒いたようにかがやいていた。まだ、五ツ（午前八時）ごろだったが、猪牙舟、高瀬舟、屋形船などが行き交っている。

吾妻橋を過ぎると、俊造は左手に水押しをむけて舟を岸に寄せた。

「今日は、今戸橋の桟橋へ着けやすぜ」

俊造が平兵衛たちに声をかけた。

どうやら、俊造は借家近くの桟橋まで行くつもりらしい。船宿の船頭をしていたので、大川のことは詳しいようだ。

俊造は、今戸橋を過ぎるとすぐに舟を桟橋にとめた。ちいさな桟橋で、猪牙舟が三艘だけ舫《もや》ってあった。俊造は巧みに舟をあやつり、舫ってある舟の間に水押しを入れて舟をとめた。

「下りてくだせえ」

俊造の声で、平兵衛たちは舳先の方から桟橋に下りた。

俊造は舟を舫い杭につなぐと、

「ここを上がった先でさァ」

そう言って、桟橋から川岸の土手を上がり、小径をたどって大川沿いの通りへ出た。通りの片側に雑木林がひろがっている。

「あの林のなかで」

俊造が指差した。

なるほど、雑木の疎林のなかに板塀をめぐらせた仕舞屋があった。林の先にかすかに大川の川面が見えた。陽射しを反射《はね》て、かがやいている。

「行ってみよう」

平兵衛たちは灌木や笹藪の陰などに身を隠しながら、足音を忍ばせて板塀のそばに身を寄せた。耳を澄《す》ますと、家のなかからかすかな物音が聞こえた。床を踏む音につづいて、障子をあけるような音がした。

「いるようだぜ」

朴念が小声で言った。

「能勢かどうか、確かめるか」

平兵衛が言うと、

「表へまわれば、やつの姿が見えるかもしれやせんぜ」

と、孫八。

「行ってみよう」

平兵衛たちは板塀沿いを歩いて、家の正面にまわった。

板塀の隙間から覗くと、縁側が見えた。その先は座敷になっているらしく障子がたてであった。人影は見当たらない。

いっとき、平兵衛たちは隙間から覗いていたが、家の住人は姿を見せなかった。

「しょうがねえ。あっしが、やつを引っ張り出しやすぜ」

そう言うと、孫八は足元の手頃な石をつかんで、立ち上がった。

「やつが、顔を出したら拝んでみてくだせえ」

いきなり、孫八が手にした石を縁先近くの庭に投げ入れた。

石は地面に落ちて音を立て、縁先の方へ転がった。

すると、障子があき、男がひとり縁側に出てきた。昨日、孫八たちが目にした小柄な男である。

男は、庭の音のしたあたりに目をやっている。

「やつだ！　おれを尾けてきたのは」

朴念が声を殺して言った。

男は、いっとき庭に目をやっていたが、部屋にもどり障子をしめてしまった。庭に鼠《ねずみ》でもいたと思ったのかもしれない。

7

平兵衛と孫八が戸口からまわり、朴念と俊造が庭から踏み込むことになった。平兵衛たちは板塀に沿って、木戸門のある方へまわった。こちらが家の正面になるらしい。片開きの門扉は簡単にあいた。門のとっつきが玄関で、板戸がしめてあった。

孫八が板戸に手をかけて引くと、何の抵抗もなくあいた。心張り棒はかってなかったらしい。

家のなかは薄暗かった。狭い土間のつづきが板敷の間になっていて、その先には障子がたててある。障子の先は座敷のようだが、人のいる気配はなかった。

平兵衛たちは足音を忍ばせて板敷の間に上がり、障子をそっとあけた。座敷には、だれもいなかった。

隣の座敷との間には、襖がたててあった。能勢がいるとすれば、そこであろう。

平兵衛は腰に帯びてきた来国光を抜いた。どこから襲われても、対応できるよう身をかがめるようにして襖に近付いた。

ミシ、ミシ、と畳を踏むかすかな音がした。家が古いせいか、平兵衛と孫八の重さで床板が軋《きし》むようだ。

「だれだ！」

突如、襖の向こうで声がした。平兵衛たちの侵入に気付いたらしい。

立ち上がる気配がし、畳を踏む音につづいて襖があいた。

姿を見せたのは、丸顔で目の細い男だった。三十がらみであろうか。小柄で、ずんぐりした体軀だった。小袖に袴姿である。大刀を手にしていた。牢人であろう。月代と無精髭が伸びている。

「地獄屋の者か！」

男が甲走った声で誰何した。

「いかにも、わしらは、地獄の鬼だ」

平兵衛は刀身を峰に返した。峰打ちで仕留めようとしたのである。

平兵衛の顔はけわしかった。双眸がひかり、気魄《きはく》が満ちている。ふだんのおだやかな好々爺《こうこうや》の顔ではない。剣の達人らしい威風がある。

「老いた鬼だな」

男は揶揄《やゆ》したように言うと、手にした大刀を抜いて切っ先を平兵衛にむけた。戦う気のようだ。

そのとき、庭に面した障子があいた。姿を見せたのは、朴念である。背後に俊造の姿もあった。縁側から乗り込んできたらしい。

「能勢、おめえの相手はおれだ」

朴念は身をかがめ、右手に嵌めた手甲鈎を前に突き出すようにして身構えた。薄暗い部屋のなかで、大きな目が炯々《けいけい》とひかっている。その巨体とあいまって、巨熊のような迫力があった。

「おのれ！」

一声上げ、男が平兵衛の方へ踏み込んできた。年寄りの平兵衛なら斬れると踏んだのかもしれない。

男は低い八相に構え、間合に踏み込みざま斬り込んできた。

八相から袈裟へ。

迅《はや》い斬撃だが、平兵衛にはこの太刀筋が見えていた。平兵衛は脇へ跳んで斬撃をかわしざま、来国光を横に払った。一瞬の体捌きである。

ドスッ、というにぶい音がし、平兵衛の峰打ちが、男の腹に食い込んだ。男は二、三歩よろめいたが、足がとまると、刀を取り落とし、腹を押さえてうずくまった。

「動くんじゃァねえ！」

後ろから走り寄った朴念が、男の喉元に手甲鉤を当てた。猛獣の爪のような四本の鉤が、喉元に押し付けられた。

「よ、よせ！」

男が喉のつまったような声で言った。

「おめえの名は？」

朴念が訊いた。

男は答えなかった。低い呻き声を上げ、身を恐怖で顫《ふる》わせている。

「能勢だな」

脇から平兵衛が訊いた。

「……の、能勢伊三郎《いさぶろう》だ」

能勢が声を震わせて言った。すでに、名は知れていると思ったらしい。

「鹿内たちの仲間だな」

また、朴念が訊いた。

能勢は視線を落としたまま口をつぐんでいる。

「やろう、おれには答えねえつもりだな」

言いざま、朴念が能勢の喉元から胸に手甲鈎を移して引いた。

能勢の着物が裂け、胸板に四本の血の線が浮いた。そして、血の線からふつふつと血が噴き出して流れ落ち、見る間に胸板を真っ赤に染めた。

能勢は息を呑み、恐怖に顔をひき攣《つ》らせた。

「次は顔だぜ」

朴念は男の額に手甲鈎を当てた。

能勢は背筋を伸ばし、凍りついたように身を硬くした。

「しゃべらねえなら、この爪で、てめえの目ン玉を抉《えぐ》り出してやるぜ」

朴念は大きな目で、能勢を睨みながら、手甲鈎を額から引き下ろそうとした。

「ま、まて」

能勢がかすれたような声で言った。

「やっと、しゃべる気になったかい」

「し、鹿内たちの仲間だ……」

能勢が声を震わせて言った。

「おめえ、牢人だな」

「そうだ、鳥越町《とりごえ》の賭場で鹿内と知り合ったのだ」

能勢が言うと、平兵衛の脇に立っていた俊造が、

「鳥越町に、峰蔵《みねぞう》って男が貸元をしている賭場がありやすぜ」

と、小声で言った。さすが、賭場にくわしい男である。

「それで、おれたちの殺しを頼まれたのかい?」

「そうだ……」

能勢によると、ひとり頭、三十両もらえることになっているそうだ。

「三十両とはな。地獄の鬼もなめられたものだぜ」

朴念が吐き捨てるように言った。

「ところで、鹿内の住処《すみか》はどこだ」

平兵衛が声をあらためて訊いた。

「半月ほど前まで鳥越町の長屋にいたが、いまはいないはずだ」

「どこにいる?」

平兵衛が知りたいのは、鹿内の居所である。

「どこかは知らぬが、隠居所だと聞いている」

「池野屋の隠居所じゃァねえのか」

俊造が口をはさんだ。

「そうらしい」

「宇津藩の久保は?」

平兵衛が訊いた。

「久保も、鹿内といっしょだ」

「もうひとり町人がいるな。匕首を遣う男だ」

平兵衛は、行商人ふうに身を変えて尾行していたことを言い添えた。

「そいつは、伊之助《いのすけ》だ」

能勢によると、伊之助も賭場に出入りしていた男で、能勢といっしょに仲間にくわわったそうである。

「伊之助も隠居所にいるのか」

「隠居所には、いないはずだ。……伊之助は情婦《いろ》のところにいると言っていたが、どこかは知らぬ」

「ところで、神田川沿いの通りで、大井の他に斬り殺された男がいたな。痩せた男だ」

右京に斬殺された男である。平兵衛は、まだ名も知らなかったのだ。

「……」

「その男も、おまえたちの仲間だったのか」

「鹿内の仲間の川島十郎《かわしまじゆうろう》だ」

能勢は、川島の素性《すじよう》も住処も知らないと言った。

「川島な」

平兵衛は名を聞いた覚えはなかった。おそらく、鹿内と川島は賭場か岡場所かで知り合ったのであろう。

「ほかにも仲間がいるのか」

平兵衛が声をあらためて訊いた。

「おれは会ったこともないし、名も聞いてないが、鹿内はもうひとり腕の立つ男がいると口にしていた。……槍の名手だそうだ」

「槍な」

まだ、平兵衛は槍を遣う男を見ていなかったし、市谷たちからも聞いていなかった。どうやら、まだ平兵衛たちの前に姿を見せていない男もいるようだ。

「他には?」

「おれは知らん」

「うむ……」

いずれにしろ、隠れ家にしている隠居所をつきとめれば、敵の様子がつかめるだろう、と平兵衛は思った。

それから、念のために、宇津藩に久保たちの後ろ盾になっているような人物はいないか訊いてみたが、能勢は首を横に振っただけである。知らないらしい。

一通り訊き終え、平兵衛と朴念が口をつぐんでいると、

「話が終わったようだな。……おれは、ここから出て行くぞ」

能勢が朴念の手甲鈎を押しやって立ち上がった。

「そうはいかねえ」

いきなり、朴念が手甲鈎を嵌めた右腕を振り下ろした。

ゴツ、という岩でもたたいたような大きな音がひびいた次の瞬間、能勢の首が折れたようにかしいだ。

ゆらっ、と能勢の体が揺れ、腰から沈み込むように転倒した。朴念の一撃が、能勢の頭蓋骨《ずがいこつ》をたたき割ったらしい。

畳に横たわった能勢は、目を剝き四肢を激しく痙攣《けいれん》させた。割れた頭部から溢れ出た血と脳漿《のうしよう》が、顔面をつたって流れ落ちている。

「すげえや！」

俊造が驚愕に目を剝いている。朴念の手甲鈎の威力を初めて見たらしい。

「殺し人は、殺るか殺られるかだ」

朴念の双眸が、熾火《おきび》のようにひかっていた。さすがに興奮しているらしく、坊主頭まで赭黒く染まっている。

第四章　槍の藤左《とうざ》

1

本銀町、宇津藩上屋敷の表門があき、武家の乗る権門駕籠が出てきた。乗っているのは、江戸家老、波多野佐兵衛である。

波多野は向島《むこうじま》にある抱《かかえ》屋敷に行くつもりだった。抱屋敷といっても先代の藩主が病気療養のために建てたもので、隠居所のような屋敷である。先代の死後は、屋敷の管理のために軽格の藩士がふたりと下働きの者が住み込んでいるだけである。

その屋敷で、藩主大谷紀直の嫡男、豊四郎《とよしろう》、十二歳が十日ほど前から体調をくずして療養をつづけていた。豊四郎は風邪をこじらせただけのようだが、幼いころから病弱だったこともあり、念のために閑静な地で養生《ようじょう》させることにしたという。

波多野が出かけたのは、豊四郎の病気見舞いと、付き添っている医師から直接病状を聞くためであった。

当初、留守居役の青山が向島へ行く案も出たらしいが、波多野は暗殺を恐れて屋敷も出られないと藩士たちに思われるのを嫌い、自分で行くことを主張したという。

駕籠の警固は、波多野がふだん屋敷を出るときより多かった。向島という寂しい地へ行くこともあったし、まだ久保たちが波多野を狙って暗躍していることが分かっていたので警戒したのだ。

警固の藩士は十人。駕籠を担ぐ陸尺と荷を持つ中間《ちゅうげん》は別である。警固の藩士は駕籠の前に四人、後ろに四人、駕籠の左右にひとりずつしたがった。その十人のなかには、警固の支配役として佐原がおり、市谷と伊沢も入っていた。

それだけではない。佐原から依頼され、駕籠の一行とは別に斥候《せっこう》役として、平兵衛、右京、朴念、孫八、俊造の五人もくわわったのである。

平兵衛は波多野の見舞いについて、鹿内たちの隠れ家をつきとめ、討ち取ってからにすればよいと思ったが、平兵衛や右京のような一介《いっかい》の牢人が口を出せる問題ではなかった。

波多野の乗る権門駕籠が上屋敷を出たのは、五ツ半（午前九時）ごろだった。風のない晴天で、本銀町の通りは、初夏の陽射しに満ちていた。

権門駕籠が本銀町の通りを昌平橋にむかっていたころ、平兵衛は右京といっしょに佐久間町の神田川沿いの通りを歩いていた。平兵衛は筒袖に軽衫《かるさん》姿で来国光を腰に帯びていた。右京は小袖に袴姿である。

一方、朴念、孫八、俊造の三人は、それぞれ雲水、職人、船頭の格好をして、先行していた。

「安田さん、鹿内たちが、青山どのを襲おうとしたのはこの辺りでしたね」

和泉橋のたもとを過ぎると、右京が道の左右に目をやりながら言った。

「同じ場所は避けような」

平兵衛は、鹿内たちが神田川沿いに身を隠して駕籠を襲うことはないとみていた。一度失敗していることもあるが、それより、いまは人通りが多くて警固のついた駕籠を襲撃するなどとても無理である。

「そうですね」

右京も、平兵衛と同じようにみたようである。

「襲うとすれば、吾妻橋を渡ってからだろうな」

吾妻橋を渡ると、駕籠は大川沿いを川上に向かうことになる。いっとき、武家屋敷のある通りを進むが、水戸家の下屋敷を過ぎると急に人家がとぎれ、人影がすくなくなるはずだった。

「わたしも、そうみますよ」

右京が歩きながら言った。

平兵衛と右京は、神田川沿いの通りを抜け、浅草御門の前へ出た。波多野たち一行は千住《せんじゅ》街道を浅草寺《せんそうじ》の方へ進み、吾妻橋を渡って向島へむかうはずだった。

平兵衛たちは、波多野たちの一行が通る道筋を歩いた。通りの左右に目を配って歩いたが、それらしい人影はむろんのこと襲撃しやすいような場所もなかった。どの町筋も人通りが多く、襲撃はむずかしいと思われた。

吾妻橋のたもとで孫八が待っていた。

「朴念たちは、どうした」

近寄ると、すぐに平兵衛が訊いた。

「先に行ってますァ」

孫八は平兵衛たちに跟《つ》いてきた。

「どうだ、何か変わったことがあったか」

平兵衛が訊いた。

「まったくありませんや。今日は、何も起こらねえような気がしやすぜ」

そう言って、孫八が空を見上げた。

初夏の青空がひろがっている。いつになく、吾妻橋を行き来する人影も多かった。着飾った町娘や供連れの武士なども目立つ。陽気がよく、駕籠の一行を襲うなど想像できないほど賑やかで、華やかな雰囲気につつまれていた。

……だが、こうした日こそ、思わぬ凶事が起こるものだ。

平兵衛は、油断は禁物だと思った。

鹿内たちにすれば、波多野の命を狙う好機なのである。まさか、鉄砲を遣うことはあるまいが、どんな手を遣ってくるか分からない。

平兵衛たちは、吾妻橋を渡って本所へ出るとすぐ、大川沿いの道を川上にむかった。水戸家の下屋敷の前を過ぎると、急に屋敷がとぎれ、土手沿いに桜並木がつづいていた。そこは、墨堤《ぼくてい》と呼ばれる桜の名所で、八代将軍の吉宗《よしむね》が江戸市民のために植樹させたものである。桜の季節には、大勢の花見客で賑わう場所だが、いまは人影もすくなかった。ただ、墨堤に沿って三囲稲荷《みめぐりいなり》神社、長命寺《ちょうめいじ》、弘福寺《こうふくじ》などの名の知れた寺社があったので、参詣客《さんけいきゃく》の姿はあった。

平兵衛たちは、桜の季節を終え、新緑につつまれた桜並木の下を歩いた。民家や屋敷はほとんどなく、左手に大川が流れ、右手には田畑がひろがっている。景観のいい閑静な地だった。大川の川面を渡ってきた風がさわやかである。

平兵衛たち三人は、長命寺の表門のちかくまで来て足をとめた。宇津藩の抱屋敷は数町先の左手にある。抱屋敷までは行かず、この辺りで朴念たちと顔を合わせることにしてあったのだ。

平兵衛たちは、桜の木陰に腰を下ろした。

「あっしが、朴念さんたちを連れてきやしょう」

そう言い残し、孫八が宇津藩の抱屋敷のある方へむかった。

いっとき待つと、孫八が朴念と俊造を連れてもどってきた。急ぎ足で来たらしく、三人の顔が紅潮し、汗が浮いていた。

「どこにも、あやしいやつはいねえぜ」

朴念が手の甲で額の汗をぬぐいながら言った。

ふたりは、宇津藩抱屋敷の門前まで行ってみたという。

「鹿内たちが、一行を襲うような気配はないな」

右京が言った。

そのとき、孫八が来た道を指差し、

「波多野さまの一行が来やすぜ」

と、声を上げた。

見ると、桜並木のなかを警固の武士に守られた駕籠がやってくる。何事もなく、順調に来たようだ。

「おれたちは、役に立たなかったってことかい」

朴念がうんざりしたような顔をした。

「いや、分からんぞ。……鹿内たちが襲うとすれば、帰りだ」

平兵衛が低い声で言った。

2

平兵衛たち五人も屋敷内に呼ばれ、酒肴の膳が出された。

波多野は寝間にいる豊四郎を見舞った後、お抱え医師の玄徳《げんとく》と会い、病状を聞いたようだった。

その後、波多野は佐原をともなって平兵衛たちが休憩していた座敷にも顔を見せた。波多野は、五十がらみであろうか。恰幅《かっぷく》のいい、おだやかな顔付きの男だった。ただ、双眸には能吏《のうり》らしい鋭さがあり、身辺には藩政の中核にいる重臣らしい覇気と落ち着きがただよっていた。

波多野は、平兵衛たちに労をねぎらう言葉を口にしただけで、すぐに座敷を出ていった。それでも、波多野にすれば異例のことにちがいない。大名の江戸家老が、自分の身を守ってくれる味方とはいえ、得体の知れない男たちの部屋へ足を運んできて、言葉をかけたのである。

後で、佐原から聞いたのだが、豊四郎の病状は悪くないという。まだ寝たり起きたりの状態だが、食欲も増し、顔色もよくなったそうだ。

「半月もすれば、本銀町の藩邸にもどれるかもしれぬ」

佐原は笑みを浮かべて言い添えた。

平兵衛たちが、抱屋敷を出たのは、七ツ半（午後五時）ごろだった。間を置かずに、波多野の駕籠の一行も屋敷を出るはずである。

夕陽が、対岸の浅草の家並のむこうに沈みかけていた。まだ頭上には青空がひろがっていたが、風があった。土手沿いに植えられた桜の枝葉が風に揺れていた。大川の川面も波立ち、白い波頭が折り重なるように岸辺へ寄せてくる。

平兵衛たち五人は、五、六間の距離をとって歩いた。左右の樹陰、川岸の群生した葦のなか、笹藪の陰などに目を配った。

……襲ってくるとすれば、この通りだ。

と、平兵衛は読んでいた。

墨堤へ出て二町ほど歩いたときだった。平兵衛は、川岸の土手を下った先にちいさな桟橋があるのを目にとめた。三艘の舟が舫《もや》ってあり、手ぬぐいで頰っかむりした船頭らしき男が三人、船縁に腰を落として通りに目をむけていた。

……妙だな。

と、平兵衛は思った。

平兵衛は来たときも桟橋を目にしていたが、舟は二艘だけ、船頭の姿はなかったはずである。舟が一艘増え、船頭らしき男が三人もいるのだ。

……もうひとりいるぞ！

土手際に群生した丈の高い雑草の陰に人影があった。町人だった。菅笠をかぶり、行商人ふうの格好をしている。

男は叢《くさむら》に腰を下ろして、川面に目をやっていた。そこで、一休みしているような格好だが、身辺に緊張した雰囲気があった。それに、腰に長脇差《ながどす》を差したままである。

鹿内たちかもしれぬ、と平兵衛は察知し、足をとめた。前を行く右京も、桟橋の男に気付いたらしく、平兵衛の方を振り返り、引き返してきた。

だが、このとき平兵衛と右京は、もうひとりひそんでいるのを見逃していた。その陰に、叢に腰を落としていた男の向かい側が、道を隔《へだ》てて笹藪になっていた。大柄な男が身を隠していたのだ。

男は手ぬぐいで頰っかむりし、継《つ》ぎ当てのある腰切半纏に股引姿で百姓のような格好をしていた。だが、百姓ではない。異様に胸が厚く、首が太かった。どっしりと腰が据わっている。しかも、男は笹藪のなかに槍を隠していたのだ。

「あやつら、船頭には見えません」

右京が、桟橋に目をやりながら小声で言った。

「鹿内たちらしいな」

平兵衛の双眸がひかっていた。

「どうします？」

「ともかく、駕籠を待とう」

平兵衛は、波多野たちの駕籠が近付いて男たちが動けば、立ち向かって討ち取ればいいと思った。相手は四人。警固の市谷たちがくわわれば、討ち取れるはずだ。それに、いま仕掛けたのでは、舟で逃げられるだろう。

平兵衛は、舟にいる三人の男にあらためて目をむけた。男たちは動かなかった。凝《じっ》と通りに目をむけている。

おそらく、平兵衛たちに気付いているだろう。一気に、駕籠を襲って舟で逃げる策かもしれない。

朴念、孫八、俊造の三人も、平兵衛たちのそばに来て足をとめた。

「鹿内たちのようだ」

平兵衛が、舟に目をやりながら小声で言った。

「どうする？」

朴念が訊いた。

「朴念、孫八、俊造の三人は、駕籠の後ろへまわってくれ。念のためだ」

平兵衛は、別に男がひそんでいて背後からも襲うかもしれないと思ったのだ。それに、駕籠を警固している佐原たちにも知らせねばならない。

「承知」

すぐに、朴念はきびすを返した。孫八と俊造がつづく。

平兵衛は通りの先に目をやった。波多野の乗る駕籠の一行が近付いてくる。

朴念たちが駕籠に近付くと、佐原が慌てた様子で走ってきた。異変が起こったことを察知したようだ。

「どうした？」

佐原がけわしい顔で訊いた。

「鹿内たちが待ち伏せしているようで」

朴念が小声で言った。

「なに！　……どこにいる？」

「安田の旦那たちのいる先でさァ」

朴念は、舟の桟橋と土手の叢に四人いることを伝えた。

「四人か。屋敷に引き返す手はないな」

佐原は、鹿内たちに立ち向かう気になったようだ。

「それで。安田どのたちは？」

佐原が訊いた。

「やる気でさァ」

「よし、このまま行こう。きゃつらを討ち取るいい機会かもしれん」

佐原が顔をひきしめて言った。

佐原は駕籠の一行へもどると、すぐに後方を警固している四人のうちふたりを前に呼んだ。前から仕掛けてくると踏み、駕籠の前に六人、駕籠の左右にふたり、後方にふたりの布陣に変えたのである。

駕籠の前の戦力だけでも、平兵衛と右京をくわえれば八人である。鹿内たち四人の倍だ。佐原が討ち取れると思ったのも、当然であろう。

平兵衛、右京が先頭に立ち、その後ろに佐原たち警固の藩士にまもられた駕籠が、桟橋に近付いていく。

桟橋に舫ってある舟からも駕籠の一行が見えたのだろう。船縁に腰掛けていた三人の男が立ち上がった。菅笠を取り、かわりに手ぬぐいで頬っかむりしていた。顔を隠すためであろう。

「鹿内たちだ！」

思わず、平兵衛が声を上げた。

立ち上がった体付きから、三人のなかに鹿内と久保がいることが分かった。もうひとりは、何者か知れなかった。中背で小太りの男である。三人は立ち上がると、船底に隠してあったらしい大刀を手にして、桟橋へ下りた。

「来るぞ！」

平兵衛が警固の藩士たちに声をかけた。

土手の叢にいた男も立ち上がった。この男が伊之助らしい。ふところに手をつっ込んでいた。匕首を呑んでいるようだ。

3

「迎え撃て！」

佐原の声で、駕籠の前にいた六人の藩士が、平兵衛たちのそばに走った。そして、羽織を次々に路傍に脱《ぬ》ぎ捨てた。すでに小袖には襷がかけられている。屋敷を出るとき支度をしておいたらしい。

駕籠をかつぐ陸尺の顔には恐怖の色があったが、藩士たちが取りかこんで守っていることもあって、駕籠を置いて逃げ出すようなことはなかった。中間たちは、駕籠の後ろにまわってついてきた。すこし歩調が遅くなったが、駕籠は進んでくる。

「上がってきます」

右京が言った。

鹿内たち三人が土手を駆け上がってくる。叢にいた伊之助は、ふところから匕首を取り出していた。

通りに駆け上がった鹿内たちは、平兵衛たちが間近に迫ってくるのを見て抜刀した。伊之助もくわえた四人の男は、路傍に立ったまま動かなかった。鹿内たち三人の手にした刀身が、夕陽を反射て《はね》鴇色《とき》にひかっている。

平兵衛たちも刀を抜き、小走りになった。まだ、鹿内たちは動かない。平兵衛たちと鹿内たちとの間が一気に迫る。

平兵衛たちが小走りになったため駕籠との間があいた。これが、鹿内たちの策だった。平兵衛たちと警固の者たちを駕籠から引き離し、手薄なところへ、笹藪の陰にひそんでいる男が槍を手にして駕籠の主を襲うのである。

平兵衛も右京も、通りの反対側に、もうひとりひそんでいることに気付いていなかった。鹿内たちに目を奪われたためである。

「鹿内、勝負！」

平兵衛は逆八相に構えて疾走した。

「おお！」

と、声を上げ、鹿内が下段に構え、刀身を脇にむけた。霞籠手だが、平兵衛の逆八相に対応した構えである。

一方、右京は大柄な男の前に走った。久保とみたのだ。

市谷たち警固の藩士たちは、大きくひろがって、鹿内たち四人を取りかこむようにまわり込んだ。

平兵衛は一気に斬撃の間に踏み込み、
イヤアッ!

裂帛の気合を発しざま斬り込んだ。

逆八相から真っ向へ。迅雷《じんらい》の斬撃だった。

間一髪、鹿内は大きく後ろへ跳んで平兵衛の斬撃を逃れた。どういうわけか、下段に構えたままである。

さらに、平兵衛は二の太刀をみまおうとした。

だが、鹿内はすばやい動きでふたたび後ろへ跳んだ。なぜか、身を引くだけで反撃しない。鹿内の踵《かかと》が土手際の斜面にかかっている。鹿内は川岸に追いつめられていたが、顔には不敵な表情があった。

そのとき、鹿内がチラッと目を平兵衛の背後の笹藪にむけた。

ガサガサと笹藪を分ける音がした。百姓のような身装をした巨漢が、いきなり笹藪のなかから駕籠の脇に飛び出してきた。手に槍を持っていた。槍の穂が三尺ちかい大身の槍である。

「敵だ！」

駕籠の脇にいた警固の藩士が、ひき攣《つ》ったような声を上げた。

男は槍を構え、凄まじい勢いで駕籠に迫った。

脇にいた警固の藩士が、刀を構えて駕籠の前に立ちふさがった。他の三人も男の前へまわり込もうとした。

男は走り寄りざま、
ヤアッ！

鋭い気合を発し、警固の藩士の刀身を槍の穂ではじいた。俊敏な槍捌きである。

藩士の刀身がはじかれ、体勢がくずれて駕籠の前から離れた。

次の瞬間、男は槍を駕籠のなかへ突き込んだ。

駕籠のなかで、呻き声が聞こえた。

「狼藉者！」

駕籠の反対側にいた伊沢がまわり込んできて、男に斬撃を浴びせた。その切っ先が、男の肩口をとらえた。

ザクリ、と男の着物の肩口が裂けた。あらわになった皮膚がひらき、血がほとばしり出た。男は、槍を取り落として後ろへ跳んだ。だが、深手ではない。皮肉を裂かれただけである。

そこへ、他のふたりの藩士が駆け寄り、切っ先を男にむけた。

「これまでか!」

男は一声上げ、笹藪のなかに飛び込んだ。

「追え!」

伊沢が叫びざま、男の後を追って笹藪のなかへ走り込んだ。ふたりの藩士がその場に残り、もうひとりの藩士が伊沢の後を追った。

一瞬、鹿内の口元に勝ち誇ったような笑いが浮いた。巨漢が駕籠に槍を突き込んだのを見たのであろう。

そのとき、右京と対峙していた久保が、

「引け!」

と叫び、土手の斜面に跳んだ。急斜面を滑るように下っていく。

右京は土手際まで追ったが、そこで足をとめた。

「安田、勝負は後だ!」

鹿内も土手へ跳躍した。急斜面の叢を分けて激しい勢いで下っていく。

鹿内たちは桟橋にむかっていた。舟に乗り込み、大川へ逃げるつもりのようだ。初めからそうするつもりだったのであろう。

平兵衛は鹿内を追わず、すぐに反転した。背後の駕籠のまわりで叫び声が起こったとき、平兵衛は何が起こったか察知したのだ。

平兵衛は駕籠の方へ走った。右京も久保を追わずに、駕籠の方へむかった。すでに、巨漢の姿はなく、駕籠のまわりに警固の藩士や佐原たちが集まっていた。

駕籠から波多野は外に出ていた。屈《かが》み込んでいる。左の肩先が血に染まっていた。槍で突かれたらしい。

路傍に槍が落ちていた。大身の素槍である。遣い込んだ槍らしく、柄が黒光りしていた。

「浅手だ。……案ずることはない」

波多野は顔をしかめながら言った。

平兵衛は、集まった警固の藩士の後ろから、波多野の肩先に目をやった。

……命にかかわるような傷でない。

平兵衛は見て取った。運よく、槍は波多野の胴体ではなく肩先に刺さったようだ。

「ともかく、手当てをいたさねば」

佐原は、抱屋敷へおもどりくだされ、と波多野に声をかけた。抱屋敷には、玄徳がいる。手当てさせて、休ませた方がよいと判断したらしい。

「これしきの傷、医師の手当てはいらぬ」

波多野は、そのまま本銀町へもどると言ったが、取りかこんだ藩士たちが、下屋敷にもどるよう、口々に訴えると、

「それほど言うなら、もどるか」

波多野は苦笑いを浮かべて駕籠にもどった。

駕籠が引き返し始めたとき、巨漢の後を追った伊沢ともうひとりの藩士がもどってきた。

「逃げられました」

伊沢が佐原に無念そうな顔をして言った。

伊沢の話によると、巨漢はその体軀に似合わず素早い動きをしたという。男は笹藪を抜けると、田圃《たんぼ》の畦道《あぜみち》を走って大きく迂回《うかい》し、ふたたび大川沿いの通りへ出て、一気に土手を滑り下り、岸辺で待っていた舟に飛び乗って川下へ逃げたという。

「逃げ道まで、考えていたようだ」

平兵衛がつぶやくような声で言った。鹿内たちは、ここを襲撃地と決め、駕籠を襲った後の逃走方法まで考えていたのである
……だが、波多野さまの命は守れた。
平兵衛は胸の内でつぶやいた。無念さはなかった。鹿内たちは逃がしたが、波多野の命は守れたのである。
波多野を乗せた駕籠は、抱屋敷へむかって進み始めた。

4

平兵衛と右京、それに市谷がその場に残った。朴念と俊造がもどるのを待っていたのである。

いっときすると、朴念と俊造が足早に平兵衛たちのそばに近寄ってきた。朴念の顔に血の色があった。返り血を浴びたらしい。

「どうした?」

平兵衛が訊いた。

「伊之助を仕留めたぜ」

朴念が手の甲で、返り血を擦《こす》りながら言った。

朴念によると、逃げ場を失った伊之助を笹藪のなかまで、追いつめて仕留めたという。

「さすが、朴念だ」

右京が小声で言った。

平兵衛は、伊之助を斃しただけでも警固にくわわった甲斐《かい》があったと思った。

「ご家老を乗せた駕籠は、どこへいくのだ?」

朴念が遠ざかっていく駕籠に目をやって、驚いたような顔をした。どうやら、朴念は藪のなかにいて、駕籠が巨漢に襲われたことは知らなかったようだ。

「あやうく、波多野さまが命を落とされるところだったのだ」

平兵衛がかいつまんで状況を話してやった。

「この槍か、そいつが遣っていたのは」

そう言って、朴念が路傍に落ちている大身の槍に目をやった。

「そうだ。……ところで、この槍を遣った男だが、覚えはないか」

平兵衛が、市谷に訊いた。

身装は百姓だが、武士のはずである。それに、牢人とも思えなかった。となると、宇津藩士の可能性が高いのだ。

「顔は見えなかったし、あのような姿をしていたので、はっきりしたことは分かりませんが、槍の藤左《とうざ》ではないかと……」

市谷は語尾を濁《にご》した。はっきりしないらしい。

「槍の藤左だと」

平兵衛が聞き返した。

「名は、片倉藤左衛門《かたくらとうざえもん》。家中では名の知れた槍の名手ですが……。江戸にはいないはずです」

市谷によると、片倉は足軽にちかい軽格の家柄だが、槍の腕を買われて徒組《かちぐみ》に抜擢《ばってき》されたという。ただし、江戸勤番ではないそうだ。

「それで、片倉は河津一派とかかわりがあるのか」

「そういえば、徒組に推挙したのが、亡くなられた河津重右衛門さまだったような気がします」

「とすると、片倉も久保や大井たちと同様、河津派の指示で脱藩し、出府したとも考えられるな」

平兵衛が言った。

「そうかもしれません」

市谷の顔がけわしくなった。

「厄介な相手がくわわったわけですか」

右京が抑揚のない声で言った。

平兵衛は、新たに片倉という槍の名手がくわわったので、久保たちはこの策を思いついたのだろうと思った。波多野が外出する機会を狙っていたにちがいない。

「いずれにしろ、片倉も討たねばなりません」

市谷が語気を強めて言った。

その日、平兵衛たちも抱屋敷にもどって宿泊した。佐原の依頼である。波多野の傷は浅手だった。玄徳の手当てで血もとまり、明朝、本銀町の屋敷に帰れそうだった。

翌朝、平兵衛たちは波多野の乗る駕籠といっしょに抱屋敷を出た。念のために警固についたのである。


その日、平兵衛は久し振りで庄助長屋にもどった。座敷に横になって一息ついていると、戸口に近付く下駄の音がし、障子に人影が映った。

うだ。

「旦那、帰ってきたんですか」

おしげである。妙に昂《たかぶ》った声だ。平兵衛の姿を見かけて、さっそく顔を出したよ
「入ってくれ」

平兵衛は体を起こした。

腰高障子があいて、おしげが顔を出した。こわ張った顔をしていた。平兵衛にむけられた目が、せわしく動いている。平兵衛の身辺を探るような目である。

「旦那、どこへ行ってたんですよ」

おしげが、土間につっ立ったままなじるように訊いた。

「な、なに、よんどころない用があってな」

平兵衛は口ごもった。

「急にいなくなっちまうんだから、どこかで行き倒れにでもなってるんじゃないかと心配してたんだよ」

おしげは、いまにも泣き出しそうに顔をゆがめた。

「じ、実は、研ぎの修業でな。師匠のところに、寝泊まりしてたんだ」

平兵衛は作り話を口にした。まさか、殺しの仕事で怪我をし、仲間の家へ隠れてい

たとは言えなかった。

「それなら、あたしに話して行けばいいじゃァないの。まゆみさんも心配してね。何度も長屋に来てたんだから……」

「それは、すまんことをした。今度は、おしげさんに話して出るようにしよう」

まゆみにまで、心配をかけたらしい。右京も、迂闊なことは口にできなかったのだろう。

「でも、よかった。旦那が無事に帰ってきてくれて」

急に、おしげが嬉しそうな顔をした。

「わしも、この長屋しか行き場はないからな。どこにも行きはしないよ」

平兵衛がつぶやくような声で言った。

「ねえ、旦那、平兵衛、茶を淹れようか。それとも、めしにする」

おしげが、平兵衛の顔を覗き込むように見ながら訊いた。

平兵衛は、おしげが長年連れ添った女房のような物言いをしたので、戸惑ったが、

「……茶をもらうか」

と、亭主でもあるかのように応えてしまった。

平兵衛は胸の内で、ま、いいか、おしげに心配させた、罪滅ぼしだ、とつぶやい

た。

5

平兵衛が、長屋にもどった三日後だった。自分で淹れた茶を飲んでいると、孫八が顔を見せた。

孫八は土間へ入るとすぐ、

「旦那、池野屋の隠居所が分かりましたぜ」

と、言った。孫八によると、俊造とふたりで池野屋に出かけ、下働きの男から話を聞いたという。

「どこだ？」

「それが、深川でしてね」

「ほう、深川のどこだ？」

「海辺大工町《うみべだいく》でさァ。小名木川沿いにありやしてね。ちょいとした仕舞屋で」

孫八は俊造と行って、家の様子を見てきたという。

「そこに、鹿内たちはいたのか？」

「あっしらが探りに行ったときは、三人いやした。ただ、ひとりは下働きの年寄りのようでしたぜ」

ふたりは武士で、名は分からないが、ひとりは巨漢でもうひとりは中背でずんぐりした体軀だったという。

「ひとりは、槍の藤左だな。もうひとりは、波多野たちを襲撃したおり、鹿内たちといっしょに舟にいた男ではないかな」

そのとき見た男も、中背でずんぐりした体軀だった。

「どうしやす？」

「ともかく、市谷どのたちと相談してからだな」

市谷たちは、ふたりを始末する前に訊問《じんもん》したいかもしれない。それに、片倉の後を追った伊沢なら、仕舞屋にいる武士が駕籠を襲った男かどうか分かるはずである。

「あっしが、つなぎやしょうか」

孫八が訊いた。

「そうしてくれ。早い方がいいな」

平兵衛は、鹿内たちが次の手を打たないうちに仕掛けた方がいいと思った。

「承知しやした」

孫八はすぐ出ていった。

その日のうちに、孫八から連絡があった。明日、一吉で相談したいとのことだった。

「佐原さまもお見えになるそうですぜ」

孫八が言い添えた。

「分かった」

翌日、平兵衛は陽が西の空にまわったころ、戸口から出た。向かいの家の戸口に、おしげの姿が見えたので顔を出し、

「研ぎの仕事でな。出かけてくるが、遅くなっても帰るから心配せんでくれ」

と、伝えた。

「夕めしは食ってくるのかい」

おしげが、笑みを浮かべて訊いた。平兵衛が声をかけて出ることなどなかったので、嬉しかったのかもしれない。

「そのつもりだ」

平兵衛はそれだけ言うと、足早に表通りへ向かった。

一吉の暖簾をくぐると、いつものように吉左衛門が二階の座敷に案内してくれた。

座敷には、六人の男が顔をそろえていた。佐原、市谷、島蔵、朴念、孫八、俊造である。まだ、右京は姿を見せていなかった。

平兵衛が腰を下ろし、いっときすると右京も姿を見せた。いつものように表情のない顔をしている。

男たちが集まると、吉左衛門が女中たちに指示して酒肴の膳が運ばれた。

いっとき、平兵衛たちは酒を酌み交わした後、

「片倉たちの隠れ家が知れたそうだが」

と、佐原が切り出した。

「探り出したのは、孫八と俊造でさァ」

島蔵がそう言って、孫八に話すよううながした。

孫八は、深川海辺大工町にある池野屋の隠居所に、片倉ともうひとり小柄でずんぐりした体軀の武士がひそんでいることを話した。

「その小柄な武士ですが」

伊沢が口をはさんだ。

「御使番の塩沢弥一郎《しおさわやいちろう》ではないかとみているのです」

伊沢によると、塩沢は江戸にいる用人の河津庄蔵の配下だそうだ。宇津藩の場合、

御使番は家老や用人などに属して、専《もっぱ》ら使者として動いているという。

市谷たちは、以前から塩沢が河津の意を受けて、鹿内や久保と連絡を取り合っているのではないかとみて目を配っていたそうだ。墨堤での襲撃のおり、手ぬぐいで頰っかむりして町人体に身を変えていたので、はっきりしないが、体軀は塩沢に似ていたという。

「それに、墨堤で襲われた日の早朝、塩沢が藩邸を出るのを、他の目付が目にしているのです」

伊沢が言い添えた。

「すると、塩沢はふだん隠居所にいないわけですか」

右京が訊いた。

「そうなります」

と、市谷。

「ならば、まず片倉だけでも始末するか」

平兵衛は、ひとりひとり確実に始末するのも手だと思った。

「こちらとしては、塩沢もいっしょに捕らえたいのだがな」

佐原によると、片倉といっしょにいるところを捕らえれば、塩沢は言い逃れができなくなるそうだ。そうすれば、塩沢の口から河津庄蔵と久保たちのかかわりも聞き出せるし、久保と鹿内の隠れ家も分かるはずだという。

「いいかもしれんな」

平兵衛は、久保と鹿内の隠れ家がつきとめられれば、片倉につづいてふたりも討てると踏んだのだ。

「だが、塩沢があらわれるまで、隠居所を見張るのは骨ですぜ」

島蔵がむずかしい顔をした。

見張りだけではない。塩沢が隠居所にあらわれたら、ただちに仕掛けられるように平兵衛、右京、佐原たちは、すぐに集まれる場所に待機していなければならないのだ。

島蔵がそのことを話すと、男たちは口をつぐんだ。いずれの顔にも憂慮《ゆうりよ》の色がある。島蔵の言うとおり、見張りも待機も動きが制約されるし、長期戦になりそうなのだ。

いっとき、座は重苦しい沈黙につつまれていたが、佐原が何か思いついたように顔をあげた。

「策がある」

佐原はそう言って、集まった男たちに小声で話した。

6

「義父上、片倉はわたしにやらせてもらえませんか」

右京が湯飲みを手にしたまま言った。

平兵衛の長屋だった。ふたりは、孫八から知らせがくるのを待っていたのだ。孫八、俊造、嘉吉の三人で、本銀町の宇津藩上屋敷を見張り、塩沢が屋敷を出たら庄助長屋に知らせに来ることになっていたのだ。なお、俊造は塩沢の跡を尾け、嘉吉が朴念の許に走る手筈になっていた。

一吉で、佐原が話した策はこうである。明後日、今度は留守居役の青山が向島の抱屋敷に所用で出かける、との噂を藩邸に流すのだ。当然、用人の河津庄蔵の耳に入り、そのことを知らせるために、塩沢が片倉と久保の許に向かうだろう。それも、今日のうちにむかうはずなのだ。青山を襲うとすれば、今日のうちに片倉や久保たちに知らせなければ間に合わないからだ。そして、塩沢が片倉の隠れ家へ入ったときに、平兵衛や市谷たちが襲うのである。

「相手は槍だぞ」

平兵衛は、自分で片倉を斬ろうと思っていたのだ。

「分かっています」

右京が口元に笑みを浮かべて言った。怯《おび》えも気負っている様子もなかった。右京には自信があるのかもしれない。

「分かった。まかせよう」

平兵衛は様子を見て加勢にくわわってもいいと思った。相手は、片倉と塩沢だけである。塩沢は、朴念と市谷にまかせれば平兵衛の手はあくのだ。

「槍と手合わせをしてみたいのです」

右京はそう言って、冷えた茶をすすった。

右京が手にした湯飲みを脇に置いたとき、戸口に走り寄る足音が聞こえた。孫八らしい。

すぐに腰高障子があいて、孫八が顔を出した。

「塩沢が屋敷を出やした」

孫八が声をつまらせて言った。

息が荒い。よほど急いで来たらしい。

「すぐ、行こう」

平兵衛は、脇に置いておいた来国光を手にして立ち上がった。

　平兵衛たちは長屋を出ると、小走りに深川へむかった。道すがら孫八に様子を訊くと、塩沢はひとりで本銀町の藩邸を出たという。孫八は塩沢が両国橋を渡り、深川方面に足をむけたのを見てから、平兵衛の許に駆けつけたそうだ。

「嘉吉は?」

平兵衛が訊いた。

「嘉吉は極楽屋に走りやした」

孫八によると、手筈どおり、俊造が塩沢の跡を尾けているという。

「市谷どのたちは、どうした」

「塩沢の後から屋敷を出たはずでさァ」

「手筈どおりだな」

佐原が立てた策どおりに動いているようである。

平兵衛たちは、竪川にかかる二ツ目橋を渡って深川へ入った。海辺大工町までは近い。塩沢が隠れ家に着くころ、平兵衛たちも着くかもしれない。

いっとき歩くと、小名木川にかかる高橋が見えてきた。橋を渡った先が海辺大工町である。

高橋を渡るとすぐ、先導する孫八が、

「こっちでさァ」

と言って、橋のたもとを右手へまがった。

海辺大工町は、小名木川沿いに細長くつづく町である。川沿いの通りに面して町家が並んでいた。ぽつぽつと人通りもあった。

「あそこにある板塀をまわした家で」

孫八が前方を指差した。

二町ほど先の川沿いに、下駄屋らしい店につづいて板塀をめぐらせた仕舞屋があった。隠居所というより妾宅《しょうたく》ふうの家である。

「斜向かいに俊造がいやすぜ」

歩きながら、孫八が言った。

俊造は斜向かいの小体な店の脇に身を寄せていた。店は空き家なのかもしれない。表戸がしまったままである。

平兵衛たち三人は、俊造のそばに身を隠した。

「塩沢は?」

平兵衛が訊いた。

「家へ入《へえ》りやした」

まだ、入ったばかりだという。

「長くは待てぬが……」

平兵衛は通りの先に目をやった。塩沢が長い時間、片倉と話しているとは思えなかった。久保たちの許にも知らせに行くかもしれないのだ。

「来ました」

右京が小声で言った。

通りの先に、ふたりの武士が姿を見せた。市谷と伊沢である。ふたりは、小走りにこちらへむかってくる。

俊造が通りへ出ると、市谷たちはその姿に気付き、平兵衛たちが身を隠している方へ足早に近付いてきた。

「塩沢は隠れ家にいますか」

市谷が、平兵衛たちと顔を合わせるとすぐに訊いた。

「いるようだ」

「踏み込みましょう」

市谷も塩沢が家を出る前に襲った方がいいと思ったようだ。

「そうしよう」

平兵衛は承知した。まだ、朴念が姿を見せていなかったが、相手は片倉と塩沢だけである。これだけ人数がそろえば、後れをとるようなことはないはずだ。

正面の出入り口が木戸門になっていた。木戸門といっても、両側に木柱を立て片開きの門扉がついているだけの簡素なものである。

平兵衛たちは足音を忍ばせて、木戸門から敷地内に入った。俊造は戸口に残り、朴念が来るのを待つことにした。

家のなかはひっそりとしていたが、戸口に近付くと話し声がかすかに聞こえてきた。男の声であることは分かったが、内容までは聞き取れない。

「念のため、庭にまわってくれ」

平兵衛が市谷に小声で伝えた。

庭といっても、家と板塀の間に雑草におおわれた空き地があるだけである。ただ、何年か前までは庭だったらしく、板塀の近くに梅や百日紅《さるすべり》などが枝葉を茂らせていた。手入れをする者がなく放置されて、荒れてしまったらしい。

その庭に、市谷と伊沢がまわった。

「旦那、あきやすぜ」

孫八が戸口の引き戸に手をかけてすこしだけあけた。

「右京、踏み込むぞ」

平兵衛が引き戸の隙間からなかへ入った。

右京、孫八がつづいた。

7

土間は薄暗かった。土間の先に狭い板敷の間があり、そこが上がり口になっていた。その先に障子が立ててあり、右手が奥へ通じる廊下になっている。

障子の先で男の話し声が聞こえた。戸口で聞こえた声である。片倉と塩沢が話しているらしい。その声の大きさからみて、ふたりがいるのは、とっつきの部屋のさらに奥の部屋らしかった。

平兵衛は、足音を立てないように板敷の間に上がった。右京と孫八がつづく。

正面の障子を、そっとあけた。思ったとおり、だれもいない。古い長火鉢が置いてあったが火は入ってないらしく、座敷は冷え冷えとしていた。話し声はその先の障子の向こうから聞こえてくる。

……行くぞ。

平兵衛は手だけで、右京に合図した。

平兵衛と右京は刀を抜き、足音を忍ばせて声のする部屋へ近付いていく。

平兵衛が障子に手をかけようとしたとき、ふいに話し声がやんだ。平兵衛たちの気配に気付いたようだ。

「だれだ！」

鋭い声が聞こえ、人の立ち上がる気配がした。

平兵衛は障子を開け放った。

すぐ前に、ふたりの男が立っていた。大柄な男が槍を手にしていた。片倉である。片倉は、咄嗟に部屋に置いてあった槍をつかんだらしい。もうひとりの小太りの男が、塩沢である。

「うぬら、地獄屋の！」

片倉が甲走った声を上げた。

塩沢は目をつり上げ、睨むように平兵衛たちを見すえている。臆《おく》した様子はなかった。腕に覚えがあるのだろう。

「わしらは、地獄の鬼だ」

平兵衛は、腰を沈めて低い八相に構えた。ここでは、虎の爪は遣えないし、遣うつもりもなかった。塩沢は斬らずに、生け捕りにするつもりだったのである。

片倉がすばやく座敷に目をやり、

「表だ！　表へ出ろ」

と、叫んだ。狭い座敷のなかでは槍が自在にふるえないと踏んだようだ。

片倉は槍を小脇に抱えると、庭に面した障子をあけ放ち、縁先から庭へ飛び出した。塩沢がつづく。

平兵衛、右京、孫八の三人も座敷を横切り、縁先へ走った。

庭で待機していた市谷と伊沢が、飛び出してきた片倉と塩沢の前に立ちふさがった。

「待っていたぞ！」

と市谷が声を上げ、片倉たちに切っ先をむけた。

「お、おのれ！　こうなったら皆殺しだ」

片倉はすばやい動きで雑草の茂った空き地に踏み込み、板塀を背にして立った。背後からの攻撃を防ぐつもりらしい。

右京は庭に下りると、片倉の正面に立った。市谷と伊沢が、すばやく片倉の左右にまわり込む。

平兵衛は右京につづいて庭に下り、

「おぬしの相手は、わしだ」

そう言って、塩沢と相対した。

孫八は塩沢の左手にまわり込んだが、手にしたのは細引《ほそびき》だった。戦いは平兵衛にまかせ、捕縛のおりに手を出すつもりらしい。

「うぬに、おれが斬れるか」

塩沢が切っ先を平兵衛にむけた。口元にかすかに笑いが浮いている。目の前に立った平兵衛が、頼りなげな老爺だったので、侮《あなど》ったのかもしれない。

「どうかな」

平兵衛は刀身を峰に返して、八相に構えた。

塩沢は青眼だった。腰の据わった隙のない構えだが、わずかに剣尖《けんせん》が浮いていた。肩に力が入りすぎているのだ。

平兵衛と塩沢との間合は、およそ四間。平兵衛は八相に構えたまま、爪先で叢を分けながら間合をつめ始めた。

間合がつまるにつれ、塩沢の顔がこわばり、腰が引けてきた。平兵衛の気魄《きはく》に圧倒されているのだ。

平兵衛は、一気に間合をつめた。そして、一足一刀の斬撃の間境の半歩手前で、いきなり仕掛けた。

イヤァッ！

裂帛の気合を発し、真っ向へ。鋭い斬撃だが、切っ先がわずかにとどかない。

が、塩沢が反応した。平兵衛の斬撃を受けようとして刀身を振り上げたのである。

瞬間、塩沢の胴があいた。

平兵衛は手の内を絞って刀身をとめると、胴へ打ち込んだ。

面から胴へ。一瞬の連続技である。

ドスッ、という皮肉を打つにぶい音がし、塩沢の上半身が折れたように前にかしいだ。

平兵衛の峰打ちが塩沢の腹を強打したのだ。

塩沢は低い呻き声を上げ、腹を押さえてよろめいたが、すぐに両膝を折ってうずくまった。

「あっしの出番だ」

孫八が塩沢の後ろにまわり、両腕を後ろに取って細引で縛り上げた。そして、手ぬぐいをふところから出し、猿轡《さるぐつわ》をかませた。大声で喚《わめ》かれるのを防いだのである。

平兵衛は右京に目を転じた。

右京と片倉は、まだ対峙していた。ふたりの間合は四間ほど。刀同士の間合より遠目にとっている。

片倉は槍の鋒《きつさき》を右京の腹のあたりに付けていた。槍の名手らしく、腰の据わった隙のない構えである。

対する右京は青眼に構えていたが、刀身は低かった。切っ先を槍の鋒に合わせているらしい。

……互角か。

平兵衛は読んだ。

すぐに、平兵衛は右京の脇へまわり込んだ。助太刀しようとしたのである。

「手出し無用」

右京が低い声で言った。

平兵衛は身を引いた。右京は殺し人としてではなく、ひとりの剣客として片倉と勝負しようとしているのだ。

8

片倉がジリジリと間合をつめ始めた。前に出した左足の爪先で、雑草を左右に分けながら進んでいく。

対する右京は動かなかった。切っ先を敵の鋒に付けたまま身動《みじろ》ぎもしない。間合がつまるにつれ、ふたりの剣気が高まってきた。鋒が、まるで生きているかのように微妙に揺れながら近付いていく。

ふいに、片倉の寄り身がとまった。鋒と切っ先が触れ合う五寸ほど手前である。

ふたりは動かない。時のとまったような静寂《せいじやく》と、痺《しび》れるような緊張がふたりをつつんでいる。

そのとき、走り寄る足音がし、つづいて木戸門の扉のあく音がした。朴念と俊造である。

「片桐の旦那ァ！」

朴念の声がひびいた。庭で立ち合っている右京の姿を目にしたらしい。

刹那、片倉の全身に刺撃の気がはしった。右京の目に片倉の巨体がふくれあがった

ように見えた瞬間、
ヤアッ！

鋭い気合を発し、片倉が槍を突き出した。迅雷のような刺撃である。

間一発、右京が刀身で鋒をはじいた。

カツ、と甲高い音がひびき、鋒が跳ね上がった。

が、片倉は素早い動きで槍を引き、間髪を入れず二の突きを放った。

右京が後ろに身を引きながら、切っ先で鋒をはじく。片倉がさらに、刺撃をくりだす。それを右京がはじく。

カツ、カツ、と甲高い金属音がひびき、鋒と切っ先が跳ねて、キラッ、キラッ、とひかった。

と、右京の体勢がくずれた。後ろに身を引いたとき、踵が雑草の株にひっかかったのである。

「もらった！」

叫びざま、片倉が大きく踏み出して槍を突き出した。

鋒が稲妻のように右京の胸を襲う。

刹那、右京は体を右手に倒しながら、槍の柄をたぐるように片倉の手元に斬り込んだ。狙ったのではない。咄嗟の反応である。

槍の鋒が右京の着物の左肩を突き破って空に伸び、右京の切っ先は片倉の左手首をとらえた。

間一髪の勝負だった。

右京は右手に跳んで体勢をたてなおし、片倉は反転して、ふたたび槍を構えた。

片倉の左手首が裂け、タラタラと血が滴《したた》り落ちていた。右京の籠手斬りが、片倉の皮肉を裂いたのである。

槍の鋒が小刻みに震えていた。傷を負った左手が震えているのだ。

「おのれ！　片桐」

片倉が憤怒に目をつり上げ、踏み込んできた。

気で攻めることもせず、強引に間合をせばめてくる。左手を負傷した動揺と焦りであろう。

片倉は一気に刺撃の間合に踏み込み、
ヤアアッ！

と裂帛の気合を発し、槍を突き込んできた。

鋭い刺撃だったが、右京はこの突きを読んでいた。切っ先で鋒をはじきざま踏み込み、飛び込むように突きをみまった。

右京の切っ先が、片倉の喉を突き破り肉を厚くえぐった。凄まじい突きである。片倉の首が横にかしいだ瞬間、首筋から血が驟雨《しゅうう》のように飛び散った。片倉は巨体を揺らしながら、立っている。血が激しく飛び散り、顔から上半身にかけて血まみれである。

片倉は白目を剝き、口をひらいたまま つっ立っていた。閻魔のような凄まじい形相《ぎょうそう》である。

右京の白皙《はくせき》も血に染まっていた。片倉の返り血を浴びたのである。真剣で人を斬った気の昂りで、目がつり上がっている。血まみれの顔も、夜叉《やしゃ》を思わせるように悽愴《せいそう》だった。

ゆらっ、と片倉の巨体が揺れた。次の瞬間、巨木の幹でも倒れるかのように転倒した。

雑草のなかに横たわった片倉は動かなかった。首筋から流れ落ちた血が、雑草の葉《は》叢《むら》を揺らしている。

「右京、見事だ」

平兵衛が近寄って声をかけた。

「なんとか、仕留めましたよ」

右京の声は静かだったが、目は異様なひかりを帯びていた。まだ、人を斬った気の昂りが収まらないのである。

「右京、家に帰る前に顔を洗えよ」

平兵衛が右京の顔の返り血を見て言った。

「……」

右京が、戸惑うように視線を揺らした。咄嗟に、平兵衛が何を言いたいのか、分からなかったらしい。

「顔の血だよ。まゆみが、心配するからな」

「ああ……」

右京が口元に苦笑いを浮かべた。

平兵衛たちは後ろ手に縛った塩沢を家のなかへ連れていった。塩沢に訊きたいことがあったのである。

「孫八、塩沢の猿轡を取ってくれ」

平兵衛が言った。

河津庄蔵と久保たちとのかかわり、池野屋との結び付きなどは、市谷たち目付の吟《ぎん》味《み》にまかせることにして、とりあえず、久保と鹿内の隠れ家が知りたかったのだ。

塩沢は蒼ざめた顔で、前に立った平兵衛を見上げた。恐怖と興奮で、体が小刻みに顫えている。

「塩沢、わしは宇津藩の家中のことは訊かぬ。わしが知りたいのは、鹿内と久保の隠れ家だ」

平兵衛が塩沢を見すえて言った。声は穏やかだったが、双眸には刺すようなひかりがあった。

「し、知らぬ」

塩沢が声を震わせて言った。

「事ここに至って、何も隠すことはあるまい。おぬしが、ここで片倉と会っていたことは、ごまかしようがないのだ」

「……………」

塩沢の視線が揺れた。平兵衛の言うとおり、鹿内たちの隠れ家を隠しても言い逃れはできないと思ったのかもしれない。それでも、塩沢は口をひらかなかった。

「痛い思いをするだけ損だと思うがな。それに、おぬしは使い役で、ここに来ただけだろう。……隠し立てしない方が、おぬしのためだと思うがな」

平兵衛がそう言って、刀を抜き、塩沢の首筋に付けると、

「ま、待て、しゃべる！」

塩沢が、慌てて言った。

「鹿内と久保の隠れ家は？」

平兵衛が刀身を引いて訊いた。

「深川佐賀《さが》町の大川端だ」

「借家か」

「そうだ」

塩沢は澱《よど》みなく答えた。隠す気はないようである。

「家主は、池野屋だな」

平兵衛は、ここと同じように池野屋の持ち家ではないかと思った。

「池野屋の持ち家ではないが、金は池野屋で出しているので、変わりはない」

「佐賀町のどこだ？」

佐賀町は大川沿いにひろくつづく町である。大川端と言っても、すぐには探し出せないだろう。

「近くに、清水屋《しみずや》という船宿がある」

塩沢が答えると、平兵衛の脇に立っていた孫八が、

「それだけ分かれば、すぐに探し出せやすぜ」

と、口をはさんだ。

それで、平兵衛の訊問は終わった。後は、市谷たちにまかせるのである。

「じっくり吟味したいので、塩沢は藩邸に連れていきます」

市谷によると、目立たぬよう、暗くなってから連れていくという。

平兵衛たちは、市谷たちを残して隠居所を出た。まだ、陽は高かった。このまま佐賀町へ行ってみるつもりだった。できれば、今日のうちにも鹿内たちの隠れ家をつかみたかったのだ。それというのも、鹿内たちが塩沢が捕らえられたことを知れば、隠れ家を替える恐れがあったからである。

第五章　隠れ家

1

「あっしと俊造だけで、探りやすよ」

孫八が言った。

平兵衛、右京、朴念、孫八、俊造の五人は、小名木川沿いの道を大川方面にむかって歩いていた。海辺大工町の隠居所で片倉を討ち取った後、鹿内と久保の隠れ家をつきとめるため、深川佐賀町にむかっていたのである。

「そうでさァ。旦那方の手を借りるまでもねえや」

俊造も、声を強くして言った。探索や尾行は、手引き人の仕事だったので、孫八とふたりだけでやる気になったのだろう。

「孫八たちの言うとおりだ。五人もで、雁首をそろえて行くことはねえ」

朴念が言い添えた。

たしかにそうである。隠れ家は佐賀町の清水屋という船宿の近くにあると分かっているのだ。

「わしと孫八、それに俊造とで行こう」

平兵衛が言った。

「旦那も行くんですかい」

朴念が怪訝な顔をした。

「わしは、隠れ家を見ておきたいのだ」

平兵衛は、そこが鹿内との立ち合いの場になると踏んでいた。戦いの場を頭に入れておくのは大事である。

「では、三人に頼みましょう」

すぐに、右京が言った。右京は、平兵衛が何のために隠れ家を見ておきたいか分かったのである。

平兵衛たちは、大川端へ出たところで別れた。右京は岩本町の長屋へ、朴念は極楽屋へ帰るという。

平兵衛たち三人は、大川端を川下にむかって歩いた。

「俊造、清水屋を知っているか」

歩きながら平兵衛が訊いた。

俊造は極楽屋に来る前、深川今川町で船宿の船頭をしていたので、清水屋のことも知っているだろうと思ったのである。

「へい、油堀《あぶらぼり》のそばでさァ」

油堀は、大川から富ケ岡八幡宮《とみがおかはちまんぐう》の裏手を通って木場まで通じている掘割である。いっとき大川端を歩くと、前方に永代橋《えいたいばし》が迫ってきた。

「清水屋は、あの二階屋で」

俊造が前方を指差した。

なるほど、一町ほど先に油堀にかかる橋が見え、そのたもと近くに船宿らしい二階建ての店があった。

平兵衛たちは通り沿いの仕舞屋に目を配りながら歩いた。近くに、鹿内たちの隠れ家があるはずなのである。

「ないな」

清水屋の前を通り過ぎ、しばらく歩いたが、隠れ家らしい家屋は見当たらなかった。通り沿いで、目につくのは表店ばかりである。

「訊いた方が早《はえ》え。孫八さんと旦那は、ここで待っててくだせえ」

そう言い置くと、俊造は通り沿いにあった小体な瀬戸物屋へ入っていった。

平兵衛と孫八は大川の岸辺に身を寄せ、川を眺めるような格好をして、俊造がもどるのを待った。

いっときすると、俊造がもどってきた。

「分かりやしたぜ。油堀沿いの道を入ってすぐだそうで」

「通り沿いではなかったのか」

大川端といっても、すこしだけ通りから入ったところのようだ。

平兵衛たちは油堀まで引き返し、堀沿いの道を歩いた。

「あれだな」

孫八が前方を指差して言った。

店先に赤提灯《あかちようちん》を下げた飲み屋の脇に空き地があった。その先に仕舞屋がある。妾宅ふうの家である。

堀沿いの通りに面して戸口があった。板戸がしまっている。裏手は長屋らしく、板塀がめぐらしてあった。

「旦那、ここから裏手へ行けるようですぜ」

孫八が雑草におおわれた空き地を指差した。

雑草のなかに小径があり、仕舞屋の裏手へつづいていた。そこは他の家の通路にもなっているらしく、仕舞屋の先の家にもつながっているようだった。

平兵衛は仕舞屋と空き地に目をやり、

……立ち合いの場は、この空き地か。

と、思った。付近に立ち合いのできるような場所はなかった。家のなかでは狭すぎて、虎の爪をふるうことはできない。ただ、空き地には雑草が繁茂《はんも》していた。見ると、丈のある草や蔓草《つるくさ》がかなり生えている。あまり、足場がよくない。虎の爪は、初太刀の俊敏な寄り身が命なのだ。

……ここはまずいな。

と、平兵衛は思った。

平兵衛は俊造をその場に残し、孫八だけを連れて裏手へまわってみた。裏手にも細い路地があり、ちょうど隠れ家の後ろで、その路地はさらに奥へとつづいていた。

平兵衛と孫八は、奥の路地へ行ってみた。路地はすぐに裏路地に突き当たり、四つ辻になっていた。ひっそりとした辻で、通り沿いに小体な店や表長屋がつづいている。人影もすくなかった。

「これじゃァ、裏手から逃げられちまいやすぜ」

孫八が言った。

「うむ……」

平兵衛は別のことを考えていた。この辻なら戦える、と思ったのである。足元はしっかりしていたし、立ち合いの広さも十分あった。ただし、暮れ六ツ（午後六時）を過ぎ、通り沿いの店が店仕舞いし、人影が途絶えてからである。

平兵衛と孫八は、路地をたどって表にもどり、ふたたび空き地の隅にある笹藪の陰に身を隠した。

平兵衛たちは、耳を澄まして家のなかの様子をうかがった。かすかに物音が聞こえた。床を踏む音や障子をあけしめするような音である。

「だれかいやすぜ」

孫八が声を殺して言った。

「いるようだが、だれか分からんな」

平兵衛は話し声が聞こえないので、ひとりしかいないのではないかと思った。

平兵衛たちは小半刻（三十分）ほど、その場にひそんでいたが、家のなかから人声は聞こえなかった。物音もやんでいる。

陽は西の家並の向こうに沈んでいた。西の空は茜《あかね》色の夕陽に染まっている。そろそろ暮れ六ツだろう。

「こうしていても、埒が明かぬな」

平兵衛は、家のなかに鹿内と久保がいるかどうかだけでも知りたかった。

「旦那、あそこの飲み屋で訊いてきやすよ」

孫八が小声で言った。

「気付かれぬなよ」

平兵衛は、まだ鹿内と久保に平兵衛たちが隠れ家をつきとめたことを知られたくなかったのだ。

「へい」

孫八はひとりで飲み屋にむかった。

手引き人のなかでも、孫八の聞き込みは巧みである。飲み屋にいる者たちに不審を抱かせずに聞き出すだろう。

いっときすると、暮れ六ツの鐘が鳴った。その鐘が鳴り終えたときだった。

ふいに、仕舞屋の裏手から人影があらわれた。大柄な武士である。

「久保だ！」

平兵衛は声を殺して言い、慌てて笹藪の陰に身を縮めた。

俊造も、姿をあらわした男が久保だと気付いたらしく、笹藪の陰に身をかがめて凝《じっ》と息をつめている。

久保は、平兵衛たちのひそんでいる笹藪のそばを通り過ぎ、堀沿いの通りへむかっていく。平兵衛たちには気付かないらしく、笹藪の方に目もむけなかった。

……まさか、飲み屋に行くのでは！

孫八と鉢合わせする恐れがあった。鉢合わせすれば、孫八に気付くだろう。向島で久保たちとやりあったとき、孫八は平兵衛たちといっしょにいたのである。

平兵衛は腰を浮かせた。孫八とやり合うような状況になれば、飛び出して久保を斬るつもりだった。

だが、孫八と鉢合わせするようなことはなかった。通りへ出た久保は、飲み屋とは反対方向に足をむけたのである。

油堀沿いの道を久保の背が遠ざかっていく。

「あっしが、尾けやすぜ」

俊造が立ち上がった。

「油断するなよ」

久保も遣い手である。尾行されていることを察知すれば、俊造の命を狙ってくるだろう。

「へい」

すぐに、俊造は久保の跡を尾け始めた。

2

俊造の姿が通りの先に消えるのと入れ替わるように孫八が姿を見せ、笹藪の陰にもどってきた。

「俊造は、どうしやした?」

すぐに、孫八が訊いた。平兵衛のそばに俊造の姿がなかったからである。

「久保の跡を尾けたよ」

「どういうことです?」

「久保が姿を見せたのだ」

平兵衛が、これまでの経緯をかいつまんで話した。

「そうだったんですかい」

「何か知れたか」

平兵衛が訊いた。

「やっぱり、この家で久保と鹿内が暮らしてるらしいですぜ」

孫八が、飲み屋の親爺から聞いたと前置きして話したことによると、二月ほど前からこの隠れ家にふたりで住むようになったという。飲み屋にも、ときおり姿を見せるそうだ。

「ですが、鹿内は家をあけることが多いようでしてね。あまり姿を見たことはないと言ってやしたぜ」

「そうか」

鹿内は江戸市中で殺し人をしていた男である。陸奥国から出奔《しゅっぽん》してきた久保とちがって、江戸の遊び場にはくわしいはずだ。飲み屋はむろんのこと岡場所や賭場などにも顔を出すかもしれない。伊之助のような遊び仲間もいるだろう。鹿内が家をあけても不思議はないのだ。

「だが、ここ二、三日のうちに、かならずここに姿を見せる」

平兵衛が言った。

すぐに鹿内は片倉が斬られ、塩沢が捕らえられたことを知るはずである。そのことを久保に知らせ、今度どうするか相談するために、ちかいうちにここに姿を見せるだろう。

それから小半刻（三十分）ほどして、俊造が帰ってきた。

「やつは、この先の一膳めし屋に入《へえ》りやしたぜ」

俊造によると、一膳めし屋は二町ほど先にあるという。久保は慣れた様子で、店に入ったそうだ。俊造はしばらく様子を見ていたが、出て来ないのでもどったという。

「ひとりで、飲むつもりなのだ。……今夜は、一膳めし屋からもどって寝るだけだろう」

平兵衛が言った。

「どうしやす」

「明日からでいいが、手分けしてここに張り込んでもらいたい。鹿内が帰りしだい、ふたりを討つ」

平兵衛が語気を強くして言った。ここで、一気に始末をつけたかった。鹿内に逃げられたら、行方を探すだけでも容易ではない。

「引き上げよう」

今日のところは、三人とも帰ることにしたのだ。

翌日、平兵衛は朝餉《あさげ》をすますと、すぐに長屋を出た。足をむけたのは、岩本町である。右京に鹿内たちの隠れ家のことを話し、連絡がありしだい隠れ家に向かえるよう居所を定めておいてもらうためである。それというのも、久保は右京に斬ってもらうつもりだったのだ。

長兵衛店に着き、右京の家の前まで行くと腰高障子がすこしあいていた。まゆみの声が聞こえた。右京を呼ぶ声に、甘えるようなひびきがある。

腰高障子をあけると、座敷で茶を飲んでいる右京のすぐ脇で、まゆみが繕《つくろ》い物をしていた。慌てて離れたが、ふたりの肩が触れそうに近かった。

「父上、いらっしゃい」

まゆみが、急いで膝の上にひろげていた着物を脇へ置いた。夏物の単衣《ひとえ》らしい。おそらく、右京の着物だろう。

「近くを通りかかったものでな」

平兵衛は照れたような顔をして、上がり框に腰を下ろした。

「いま、茶を淹れるわ」

まゆみは、すぐに土間へ下りて流し場に立った。まゆみの横顔が、ほんのりと朱に染まっている。右京とふたりで仲睦《むつ》まじそうに座っているのを見られ、はずかしかったのかもしれない。

「いや、茶はいい。刀の目利きのことで、右京に訊きたいことがあってな」

嘘である。右京を連れ出す口実だった。

「そこらを、歩きながら話しましょう」

すぐに、右京が立ち上がった。まゆみに聞かせたくない話だと察知したのである。

「まゆみ、すぐ、もどるからな」

右京はまゆみの背に声をかけて、平兵衛につづいて戸口から出た。

ふたりは表通りを歩き、柳原通りへ出ると、

「鹿内たちの隠れ家は、つかんだよ」

平兵衛が歩きながら言った。

「ふたりはいましたか？」

「それがな、久保しかいなかったのだ」

平兵衛は、孫八たちと佐賀町の隠れ家を見張ったときの様子をかいつまんで話した。

「久保だけでも、斬りますか」

「いや、どうあっても鹿内を始末したい。あの男を生かしておくと、わしらは枕を高くして寝られんからな」

平兵衛は、隠れ家を見張り、鹿内があらわれしだい踏み込むことを口にした後、

「長い先ではない。ここ二、三日のうちに、鹿内も隠れ家にもどるとみている。それでな、右京にも居所をはっきりさせておいてもらいたいのだ」

と、足をとめて言った。

「いいですよ。格別、用事はありませんから長屋にいますよ」

右京も立ちどまった。

「そうしてくれ」

話はそれだけだった。また、平兵衛は歩き始めた。右京が跟《つ》いてくる。

「鹿内は斬れますか?」

右京が小声で訊いた。

「斬らねばならん」

平兵衛は自分に言い聞かせるようにつぶやいた。

3

平兵衛は来国光を手にして立っていた。そこは、本所番場《ばんば》町にある妙光寺《みょうこうじ》という無住の小寺である。その寺の境内《けいだい》だった。ここ数年、平兵衛はここを独り稽古の場として使っていたのだ。

境内は狭く荒れていたが、鬱蒼《うっそう》と枝葉を茂らせた杉や樫などの杜《もり》があり、人目を避けて木刀や真剣を振るには格好の場所だった。

平兵衛は右京と会った日から、妙光寺に通っていた。鹿内の霞籠手を破る工夫をするためである。この歳になって、短期間稽古や刀法の工夫をしたところでどうなるものではなかったが、頭のなかで鹿内と立ち合っておくと、いざ勝負に臨んだとき動揺せずに済むのだ。真剣勝負は、ちょっとした心の動きが勝負を分けるのである。

八ツ（午後二時）ごろだった。まだ、陽は頭上にあり、境内にも陽が射しこんでいた。平兵衛の短い影が足元に落ちている。

平兵衛は午前中も、境内で真剣を振っていた。一旦、昼食のために長屋にもどり、一休みしてから、またここに来たのである。

平兵衛は来国光を腰に帯び、ゆっくりと抜いた。刀身が陽射しを反射《はね》て、銀色《しろがねいろ》にひかっている。

平兵衛は虎の爪で立ち合うつもりだった。鹿内も霞籠手を遣ってくるだろう。すでに、平兵衛は二度、鹿内の霞籠手と戦っていた。二度とも、平兵衛が後れをとることはなかったが、鹿内に致命傷を与えることもできなかった。三度目となると、鹿内も平兵衛の虎の爪に対し、何らかの手を打ってくるはずだ。これまでの立ち合いと同じように臨んだのでは、鹿内を斬ることはできないだろう。

平兵衛は逆八相に構え、脳裏に描いた鹿内と対峙した。鹿内も霞籠手の下段に構え、刀身を返し、切っ先を平兵衛の左脇にむけた。籠手ではなく、霞籠手の呼吸で脇腹を狙ってくる構えだ。

ふたりの間合は、およそ四間。平兵衛はすぐに動かなかった。

……このまま仕掛ければ、相打ちになる。

と、平兵衛は読んだ。

平兵衛の虎の爪の斬撃は迅《はや》かったが、鹿内の霞籠手も神速だった。ふたりともかわせず、相打ちになるだろう。

……遠間《とおま》から仕掛けるより、手はない。

遠間から仕掛ければ、お互いの初太刀は空を切る。二の太刀が勝負になるだろう。
脳裏に描いた鹿内に、平兵衛が仕掛けた。
平兵衛は一気に疾走した。迅い。虎の爪の一気の寄り身である。
対する鹿内は動かない。斬撃の気をうかがっている。
平兵衛は斬撃の一歩手前まで身を寄せ、
イヤアッ！
鋭い気合を発し、真っ向へ斬り込んだ。
間髪を入れず、鹿内が反応した。
下段から逆袈裟へ。
ふたりの切っ先が空を切る。間がわずかに遠かったのだ。
次の瞬間、ふたりは二の太刀をはなった。
平兵衛は袈裟へ。虎の爪の斬撃である。
ほぼ同時に、鹿内が刀身を返して真っ向へ斬り込んできた。
……斬られた！
と、平兵衛は感じた。鹿内の斬撃に額を割られていたのである。
ただ、平兵衛の斬撃も鹿内をとらえていた。袈裟に入った切っ先は、鹿内の肩口から胸にかけて深く斬り込んだはずである。

……互角か。

平兵衛は、間を寄せてからの二の太刀勝負では、よほどのことがなければ互角になるだろうと踏んだ。

……やはり、初太刀が勝負だ。

平兵衛はふたたび逆八相に構えた。

鹿内は脇腹を狙う構えである。

平兵衛は気で攻めておいて、疾走した。一気に鹿内との間合がつまる。

イヤアッ！

平兵衛は、一足一刀の間境のわずか手前で仕掛けた。切っ先が、敵の顔面にとどく間につめてからの斬撃である。

平兵衛の切っ先が、鹿内の顔面を縦に斬り裂いた。だが、平兵衛の脇腹も鹿内の切っ先をあびていた。やはり、相打ちである。

……だが、わしの切っ先の方がわずかにのびている。

と、平兵衛は感じた。

斬撃のおりの両腕の使い方の差だった。平兵衛の真っ向への太刀は、振り下ろす瞬間、両肘が伸びる。ところが、鹿内の逆袈裟に斬り上げる太刀は、両肘がわずかにまがっているのだ。そこに腕の伸びる差が生ずる。わずかだが、その差を見切れば、平兵衛の切っ先は敵の顔面をとらえ、鹿内の切っ先に空を切らせることができるかもしれない。

……その一寸の差を見切らねばならぬ。

と、平兵衛は思った。

平兵衛は、また逆八相に構え、脳裏に描いた鹿内と対峙した。

繰り返し繰り返し、平兵衛は脳裏に描いた鹿内の霞籠手へ挑んだ。半刻（一時間）ほどすると全身が汗ばみ、息が荒くなった。歳のせいである。若いころは、このくらいの稽古はなんでもなかったが、いまは体にこたえるのだ。

平兵衛は大きく息を吐き、一休みして呼吸をととのえると、ふたたび逆八相に構えた。

脳裏の鹿内に対し、平兵衛は果敢《かかん》に虎の爪をふるった。

ときおり、斬れた、と感ずることもあったが、平兵衛の切っ先が空を切ったり、鹿内の切っ先で脇腹を裂かれたりすることも多かった。ふたりのふるう切っ先は、紙一重の差なのである。

陽はしだいに西の空にまわり、いつの間にか境内は杜の樹木の影につつまれていた。それでも、平兵衛は脳裏の鹿内に挑みつづけた。

さらに、小半刻ほど刀をふるったとき、山門の方から駆けてくる足音が聞こえた。平兵衛は刀を下ろして目をやった。

孫八だった。慌てた様子で山門をくぐり、平兵衛の方へ走ってくる。

「だ、旦那、鹿内が来やしたぜ」

孫八が息を切らして言った。

「家に入ったのか」

「へ、へい」

「よし、行こう」

平兵衛はこの機を逃す手はないと思った。

来国光を腰に帯びると、流れる汗を手ぬぐいでぬぐいながら、孫八につづいて山門を出た。

大川端へ出るとすぐ、平兵衛が、

「右京にも知らせたのか」

と、訊いた。相手がふたりでは、右京にも手を貸してもらいたかった。そのために、右京は長屋で待っているはずである。

「俊造が走りやした」

孫八によると、嘉吉が隠れ家を見張っているという。

「そうか」

平兵衛は胸の高鳴りを感じた。体がかすかに顫えている。いよいよ、鹿内と決着をつけるときが来たのである。

4

平兵衛たちが、両国橋のたもとを過ぎ、元町《もと》まで来たとき、

「旦那、ちょいとお待ちを」

孫八が、そう言いおいて、通り沿いにあった酒屋に飛び込んだ。

平兵衛が路傍に足をとめていっとき待つと、孫八が貧乏徳利を提げて店から出てきた。

「旦那、こいつがねえと勝てませんぜ」

孫八が目をひからせて言った。

「すまんな」

孫八は、平兵衛のために気を利かせて酒を用意してくれたのだ。

平兵衛たちは竪川にかかる一《ひと》ツ目橋《めばし》を渡って深川へ出ると、御舟蔵の脇を通って佐賀町へむかった。

陽は、大川の先にひろがる日本橋の家並の向こうに沈みかけていた。川面が西陽を映して淡い茜色に染まり、無数の波の起伏を刻んでいた。その西陽のなかを、客を乗せた猪牙舟や荷を積んだ艀《はしけ》などがゆったりと行き交っている。

平兵衛と孫八は右手に大川の川面を見ながら、足早に佐賀町へむかった。小名木川にかかる万年橋を渡り、いっとき歩くと前方に永代橋が迫ってきた。川沿いには佐賀町の家並がつづいている。

そこまで来たとき、平兵衛の胸がまた高鳴り始めた。鹿内との勝負を前にして気が昂り、真剣勝負に恐怖を感じているのだ。

平兵衛は足をとめて、手をひらいて見た。指が震えている。指だけではなかった。体が震え、喉が渇いている。

「見ろ!」

平兵衛は孫八の前に手をひらいて見せた。指が小刻みに震えている。

「旦那、やってくだせえ」

孫八が、提げていた貧乏徳利を平兵衛に渡した。孫八は、平兵衛が強敵と立ち合う前に体が震え出し、気を鎮めるために酒を飲むことを知っている。それで、今回も酒を用意したのである。

「すまんな」

平兵衛は貧乏徳利を受け取った。

すぐに、栓を抜き、貧乏徳利をかたむけて一気に一合ほどを飲んだ。一息つき、さらに一合ほど飲んだ。

乾いた地面に降る慈雨のように、平兵衛の体中に酒が染みていく。萎《しお》れていた草木が水を得てよみがえるように、背筋が伸び全身に活力がみなぎってきた。老いて頼りなげだった平兵衛の体に覇気がよみがえり、闘気が満ちてきた。

「体の震えがとまったようだ」

平兵衛の指の震えもとまっている。

顔も豹変していた。表情がひきしまり、双眸が猛禽《もうきん》のようにひかっている。剣客らしい凄みのある顔である。

「行くぞ」

平兵衛が声をかけた。

「へい」

孫八は貧乏徳利を受け取ると平兵衛の後ろについた。

平兵衛たちは、油堀にかかる下ノ橋のたもとを左手にまがった。すぐに、目の前に飲み屋の赤提灯が見えた。その先が鹿内たちのいる隠れ家である。

以前、平兵衛たちが、身を隠して隠れ家の様子をうかがった笹藪の陰に嘉吉がいた。まだ、俊造と右京の姿はない。

「鹿内たちは？」

平兵衛は笹藪の陰に身をかがめるとすぐ、嘉吉に訊いた。

「なかに、いやす」

嘉吉によると、鹿内は家に入ったまま出てこないという。

「背戸から出たようなことはないのか」

「背戸といっても、戸口は脇にありやすんで、ここからも見えやす。それに、ふたりの話し声が聞こえていやしたから」

嘉吉が言った。

「そうか」

鹿内と久保は、まだ家で話しているようである。

「どうしやす?」

嘉吉が訊いた。

「右京が来てからだな。それに、まだ早い」

平兵衛は頭上に目をやった。西の空は夕焼けに染まっていたが、頭上にはまだ青空がひろがっていた。

通り沿いの表店はまだひらいているし、ぽつぽつと人影もあった。裏手の辻で鹿内と立ち合うためにも、あたりが薄暗くなり通り沿いの店が店仕舞いしてから仕掛けたかったのだ。

「旦那、市谷さまたちですぜ」

通りに目をやっていた孫八が言った。

見ると、市谷と伊沢が足早にやってくる。

平兵衛は立ち上がり、市谷たちのそばに歩を寄せた。今は、鹿内たちの隠れ家から見えない場所だったが、空き地の前まで来れば見えるかもしれない。

「どうした?」

平兵衛が訊いた。市谷たちには、まだこの隠れ家に鹿内と久保がひそんでいることを伝えてなかったのだ。それというのも、鹿内と久保は平兵衛たち殺し人の手で始末をつけようと思っていたからである。

「われらは、久保たちの動向を探るために、ここに」

市谷の話によると、塩沢を捕縛したときの自供から清水屋の近くの借家に久保と鹿内が隠れていることは分かっていたので、市谷たちもこの近所を探り、隠れ家をつきとめたのだという。

「わしらと同じように、ここまでたどったわけか」

「隠れ家に、久保と鹿内がいれば、安田どのたちに知らせるつもりでした」

「ふたりは、いるようだ」

「すると、安田どのたちは、久保と鹿内を討ち取るためにここに？」

市谷が訊いた。

「そのつもりだが、まだ、右京が来てないのでな」

平兵衛は、右京が間に合わなければ、市谷と伊沢の手を借りてもいいと思った。

だが、平兵衛の思いは杞憂《きゆう》だった。そんなやり取りをしているところへ、右京と俊造があらわれたのである。

右京は平兵衛たちのそばに走り寄り、

「市谷どのたちも、いたのですか」

と、驚いたような顔をして言った。ふたりがいるとは思わなかったのだろう。

「これだけ揃えば、よもや後れを取ることはあるまい」

平兵衛が苦笑いを浮かべて言った。

5

暮れ六ツ（午後六時）の鐘が鳴った。その鐘の音が合図ででもあったかのように、表店が大戸をしめる音が遠近《おちこち》から聞こえてきた。陽が沈み、西の空には残照がひろがっていたが、物陰には淡い夕闇が忍び寄っている。

油堀沿いの通りも、ひっそりとして人影がすくなくなった。ときおり、飲みにでも行くらしい職人ふうの男や夜鷹そば屋などが通るだけである。

「旦那、そろそろやりやすかい」

孫八が小声で訊いた。

「すまぬが、裏の辻を見てきてくれ」

平兵衛は、鹿内たちと戦うのは裏手の辻と決めていたのだ。人通りがあれば、もうすこし待たねばならない。

「承知しやした」

すぐに、孫八は立ち上がり、足音を忍ばせて裏手へまわった。

いっとき待つと、孫八がもどってきた。

「旦那、どの店屋も表戸をしめて、路地はひっそりしてやすぜ」

孫八によると、人影もほとんどないという。

「よし」

平兵衛は手をひろげて見た。かすかに、震えている。

「その前に、酒をもらおうか」

「へい」

孫八は、すぐに叢のなかに置いてあった貧乏徳利を平兵衛に手渡した。

平兵衛は立ち上がり、両手で貧乏徳利を持つと、口をつけて一気に一合ほど飲んだ。さらに、間を置き、一合ほどずつ二度飲んだ。都合、三合ほどである。そして、最後に口に含んだ酒を、来国光の柄に勢いよく吹きかけた。手の滑りをとめるためもあったが、そうやって己の闘気を高めたのである。

市谷と伊沢が、驚いたような顔をして平兵衛を見つめていた。平兵衛が、急に喉を鳴らして大量の酒を飲んだからである。

「安田さんは、鬼になったのだ」

右京が小声で言った。

平兵衛は手をひらいて見た。震えはとまっている。心に怯えや恐怖はなく、全身に闘気が満ちている。

……勝てる！

平兵衛は胸の内で叫んだ。

「行くぞ」

平兵衛が立ち上がった。

つづいて、右京、孫八、俊造、嘉吉の四人が立ったが、市谷と伊沢は立たなかった。大勢で家を取りかこんでいることを鹿内たちが知れば、家から出てこないのではないかと読んだからである。平兵衛と右京とで、鹿内たちふたりを家の外に呼び出してから、市谷と伊沢が姿を見せる手筈をとったのだ。

ただ、市谷や孫八たちは鹿内たちの逃げ道をふさぐ役で、戦いは平兵衛と右京にまかせることにしてあった。それが、平兵衛と右京の望みだったのだ。

平兵衛と右京は、仕舞屋の戸口に立った。

めである。

孫八たち三人は足をとめずに、そのまま裏手へまわった。裏手からの逃走を防ぐためである。

平兵衛が引き戸に手をかけると、簡単にあいた。なかからくぐもったような話し声が聞こえた。鹿内と久保であろう。

平兵衛は土間に立った。右京は、すぐ背後に立っている。

土間の先に障子が立ててあった。話し声はその先で聞こえる。ただ、くぐもった声で話の内容までは聞き取れなかった。

家のなかは薄暗かった。まだ行灯《あんどん》の灯《ひ》は点ってないようだ。

「鹿内甚内、久保半兵衛、姿を見せろ！」

平兵衛が声を上げた。

奥の話し声がやみ、家の中が静寂につつまれた。物音も聞こえず、人の動く気配もしなかった。鹿内と久保は戸口の様子を窺っているのだろう。

「安田平兵衛だ。鹿内と勝負をつけたい」

さらに、平兵衛が声を上げた。

すると、奥の座敷で人の立ち上がる気配がし、障子をあける音がした。とっつきの部屋のさらに奥の部屋である。つづいて、畳を踏む重い足音がし、人の近付いてくる気配がした。

ガラリ、と正面の障子があいた。

姿を見せたのは、鹿内と久保だった。ふたりは小袖に角帯姿で、左手に大刀をひっ提げていた。

「安田と片桐か」

そう言って、鹿内が平兵衛たちの背後に目をむけた。他に仲間がいるかどうか確かめたようである。

「うぬらふたりと勝負するのは、わしと右京だ」

平兵衛が言うと、右京が、

「それとも、われらに恐れをなして逃げるか」

と、抑揚のない声で言った。

「若造、命を捨てに来たのか」

久保が揶揄《やゆ》するように言った。遣い手だけあって、平兵衛たちを恐れていないようだ。

「探す手間がはぶけたな」

鹿内の顔にもふてぶてしい表情があった。

「表へ出ろ」

平兵衛が言った。

「いいだろう」

鹿内と久保は上がり框に立ち、小袖の裾を帯に挟んで尻《しり》っ端折《ぱしょ》りしてから大刀を腰に帯びた。それが、ふたりの戦いの支度である。

平兵衛は鹿内たちが刀を帯びるのを見てから後じさり、鹿内たちに顔をむけたまま、戸口から表へ飛び出した。すぐに、右京がつづいた。

屋外は淡い暮色に染まっていた。辺りに人影はなく、ひっそりとしていた。

このとき、市谷と伊沢が笹藪の陰に身を隠していたが、戸口近くからは見えなかった。

すこし風が出たのか、空き地の雑草が風でそよいでいる。

「ここで、やるわけにはいくまい」

平兵衛が言った。戸口に面した油堀沿いの通りは狭く、立ち合いなどできなかった。

「うむ……」

鹿内はすぐに答えなかった。空き地に目をやっている。そこで立ち合えないか、見極めているようだ。

「空き地は、蔓草で足がとられるぞ。……裏手の辻はどうだ」

平兵衛が言った。はじめから、裏手の辻で立ち合うつもりでいたのだ。

「それとも、近くに飛び込んで逃げられる川か堀がないと、立ち合えぬか」

さらに、平兵衛が言った。

「何を言うか。邪魔者がいなければ、うぬなどに後れはとらん」

鹿内は平兵衛たちの仲間がひそんでいないか、確かめたようだ。

「足場のいいところで、勝負をつけようぞ」

平兵衛は後じさって間合を取った。

「よかろう」

鹿内は、左手で鍔元《つばもと》を握ったまま裏手へ足をむけた。

平兵衛が鹿内たちの五間ほど前に立って歩き、右京も五間余の間合をとって鹿内たちの後ろについた。逃走を防ぐためにそうしたのだが、鹿内たちに仕掛けられても対応できるように間をとったのである。

淡い暮色のなかに、四人の男の姿が薄れていく。

むくり、と笹藪の陰から人影があらわれた。市谷と伊沢である。ふたりは、足音を忍ばせて平兵衛たちの跡を尾けた。

第六章　虎と霞《かすみ》

1

四つ辻は淡い夕闇につつまれ、ひっそりとしていた。そこは道幅がすこしひろくなっていて、路地の角につづいて小体な店や表長屋などが軒を連ねていた。どの店も店仕舞いし、表戸をしめている。洩れてくる灯《ひ》もなかった。夕闇と澱《よど》んだような大気が四つ辻をおおっている。ときおり、どこからか赤ん坊の泣き声や子供を叱《しか》る母親の甲《かん》高《だか》い声などが聞こえてきた。

この辻に先に来た孫八、俊造、嘉吉の三人は、辻の角にあった下駄屋の前の天水桶の陰に身を隠していた。三人の目が平兵衛や鹿内たちにそそがれている。

三人とも、右手をふところに突っ込んでいた。匕首を握りしめていたのだ。鹿内たちが逃走しようとしたり、平兵衛と右京があやうくなったりしたら、飛び出して加勢するつもりだった。

平兵衛は、辻のなかほどに立っていた。立ち合いのひろさは十分だった。足場もい
い。平兵衛は、まだ抜刀せず、両腕を垂らしていた。昂った気を鎮めていたのであ
る。
鹿内は平兵衛と五間ほどの間合を取って対峙していた。鹿内も、まだ抜いていな
い。鹿内も平兵衛を見すえたまま気を鎮めている。
静かだった。ふたりの剣気がしだいに高まってくる。
「今日こそ、決着をつけようぞ」
平兵衛が鹿内を見すえて言った。
平兵衛の双眸が薄闇のなかで、底びかりしている。ふだんの好々爺のような顔では
なかった。剣客らしいけわしさと凄《すご》みがある。
「望むところだ」
鹿内も平兵衛を睨むように見すえていた。のっぺりした顔で、目が細く唇がうすか
った。その顔に、夜叉のような悽愴《せいさん》さがある。鹿内も、命を賭した戦いになることを
承知しているのだ。
「まいるぞ」
平兵衛はゆっくりとした動きで刀を抜いた。

「おお！」

鹿内も抜刀した。

平兵衛は逆八相にとった。虎の爪の構えである。ただ、いつもの構えより腕を前に出し、刀身を立てぎみにとった。初太刀の斬撃を迅くするためである。この構えも、妙光寺での工夫で思いついたものだ。

対する鹿内は霞籠手の下段にとってから切っ先を右手にむけ、刀身をわずかに寝かせた。敵の脇腹を斬り上げる構えである。

ふたりは逆八相と下段に構えたまま動きをとめた。ふたりの刀身が、淡い夕闇のなかで銀蛇のようににぶくひかっている。


一方、右京は平兵衛たちから十間ほど離れた場所で、久保と相対していた。

ふたりの間合はおよそ五間。ふたりとも両腕を垂らしたままで刀の柄に手をかけていなかった。

久保は、平兵衛たちの仲間がいないかどうか辺りに視線をめぐらした後、

「うぬは、金ずくで人を斬るそうだな」

と、口元に嘲笑を浮かべて言った。右京を怒らせ、平静さを破るつもりであろう。

「おぬしは、私欲のために武器を持たぬ者も斬るそうではないか」

右京が抑揚のない声で言い返した。

久保が、何故波多野や青山を斬ろうとしているのか、はっきりした理由を、右京は知らなかった。ただ、河津一派から金か出世の餌《えさ》を見せられ、江戸に出奔して暗殺をくわだてているのだろうとは予想していた。

「似た者同士というわけか」

言いざま、久保が抜刀した。

そのとき、久保の視線が動き、顔をしかめた。

右京の背後から近付いてくる人影を見たのだ。市谷と伊沢である。ふたりは小走りに近付いてきて、右京からさらに三間ほど後ろに立った。ふたりとも両腕を脇に垂らしたままで、抜刀する気配はなかった。

「やはりいたか！　騙《だま》し討ちだな」

久保が憤怒で顔をゆがめた。

「われらは、手出しはせぬ。これは、片桐どのとおぬしの立ち合いと心得ている」

市谷がはっきりと言った。

「ならば、引っ込んでいてもらおう」

久保が強い口調で言った。

「われらは、手出しはせぬが、うぬが斬られる前に訊いておきたいことがあるのだ」

市谷がすこし前に出た。

「なに！」

「うぬと大井が、江戸にいる河津庄蔵の指図で動いていることは分かっているが、うぬらを江戸に寄越したのは、だれだ」

市谷たちは、塩沢を吟味してきたが、そのことまでは知らないようだった。それで、久保に質《ただ》すことにしたのだ。

市谷は河津と呼び捨てにしていた。敵とみているからであろう。

「知らぬ」

「それとも、うぬらが勝手に脱藩し、河津に尻尾を振って近付いたのか」

「ちがう。おれたちは、波多野や青山の陰謀で憂《う》き目をみたお方のご指図で、宇津藩のために動いてするのだ」

久保がうそぶくように言った。

「ご隠居か」

市谷が口にした隠居とは、河津一族の現在の総帥《そうすい》である河津宗兵衛だった。隠居の身ではあるが、家中に隠然たる勢力があるといわれている。

「そうよ。われらが、波多野や青山を始末すれば、ご隠居がまた宇津藩の舵《かじ》を取ることになるからな」

久保の目が異様なひかりを帯びていた。どうやら、久保は国許の河津一族に吹き込まれてその気になったらしい。

「やはりそうか。……だが、いまさらどう足掻《あが》こうと、隠居した者がわが藩の重職にもどれることなどありえん」

市谷が強い口調で言い置き、伊沢とともに後ろへ下がった。


「話は済んだようだな。……久保、いくぞ」

右京が青眼に構え、切っ先を久保の目線につけた。両肩がわずかに落ちている。気負いのない腰の据わった構えである。

「片桐、うぬを始末した上で、市谷と伊沢もあの世に送ってくれるわ」

言いざま、久保は八相に構えた。

刀身を垂直に立てた大きな構えである。その巨体とあいまって、上からおおいかぶさってくるような威圧があった。

ふたりの間合は、およそ四間。一足一刀の間合からはまだ遠かった。ふたりの全身に気勢が満ち、剣気が高まってくる。

2

久保が八相に構えたまま足裏を擦るようにして、間合をせばめ始めた。

対する右京は動かなかった。ゆったりと構えたまま気を鎮め、久保の動きを見つめている。

久保は全身に気魄を込め、気で攻めながら、間合をせばめてくる。

右京は、巨岩で押してくるような威圧を感じたが、微動だにしなかった。表情も動かず、息の音すら聞こえなかった。

ふいに、久保の寄り身がとまった。まだ、一足一刀の斬撃の間境《まざかい》の一歩手前である。微動だにせず、ゆったりと構えている右京に、このまま斬撃の間境に踏み込むのは危険だと察知したのである。

ヤアッ！

突如、久保が突き刺すような気合を発した。気当《きあて》である。鋭い気合で、敵を動揺させ構えをくずそうとしたのだ。

だが、右京の構えはくずれなかった。そればかりではない。久保が動かないと見た右京は、趾《あしゆび》を這うようにさせてジリジリと間合をつめ始めたのだ。

八相に構えた久保の切っ先が、かすかに揺れた。右京の切っ先が、そのまま眼前に迫ってくるような威圧を覚え、動揺したのである。

右京は寄り身をとめなかった。しだいに、斬撃の間境に迫っていく。それにつれ、右京の全身から鋭い剣気がはなたれ、切っ先に斬撃の気配が満ちてきた。

右京が寄り身をとめた。右足が斬撃の間境にかかっている。右京は全身に気魄を込め、気で攻めたてた。

フッ、と右京が剣尖を下げ、気を抜いた。誘いである。一瞬、張りつめていた弓弦《ゆづる》が切れたようにふたりの間に弛緩《しかん》が生じた。

刹那、久保の全身に斬撃の気がはしった。右京の誘いに乗ったのである。

イヤアッ！

久保の体が躍動し、閃光がはしった。

八相から袈裟へ。たたきつけるような斬撃だった。

だが、右京はこの斬撃を読んでいた。読んでいたというより、この斬撃を呼び込んだといった方がいい。

間一髪、右京は右手に跳んで久保の斬撃をかわしざま胴を払った。一瞬の斬撃である。

パサッ、と久保の腹部の着物が裂け、あらわになった腹に血の線が浮いた。

ふたりは交差し、大きく間合を取ってから反転した。ふたたび、右京は青眼に構え、久保は八相に取った。

久保の腹から血が流れ出し、赤い布をひろげていくように肌を染めていく。ただ、臓腑《ぞうふ》に達するような深い傷ではなかった。久保の剛剣に押され、右京の斬撃がわずかに浅くなったのである。

「おのれ！」

久保が目をつり上げて叫んだ。

顔が憤怒で赭黒く染まっている。八相に構えた刀身が、小刻みに震えていた。斬撃をあびた動揺と怒りで体に力が入り、体が硬くなっているのだ。

「浅かったようだな。次は、とどめを刺してくれよう」

右京は抑揚のない声で言った。

ただ、双眸は切っ先のようにするどかった。顔も朱を刷いたように染まっている。

敵に斬撃をくわえたことで、右京も気が昂っていたのだ。

「たたき斬ってくれる！」

一声上げ、久保が間合をつめてきた。

ズッ、ズッ、と足裏で地面を擦り、速い寄り身で間合をせばめてくる。巨熊のような迫力があるが、激情にとらわれているため気が乱れていた。

右京もすこしずつ間合をつめていく。

ふたりの間合が一気にせばまった。

久保の前足が、斬撃の間境にあと半歩に迫ったとき、ふいに全身に斬撃の気がはしり、体が躍動した。

タアリァ！

獣の咆哮《ほうこう》のような気合を発し、久保が斬り込んできた。

八相から真っ向へ。遠間からの仕掛けだった。

スッ、と右京が身を引いた。

久保の切っ先が、右京の顔の先の空を切って流れた。

瞬間、右京が刀身を横一文字に払った。久保の首筋を狙ったのだが、やや遠かった。刀を振り下ろした久保の右の肩先をとらえただけである。久保の着物が裂けて、血の色が浮いたが、深手ではない。

タアッ！　久保が気合とともに、二の太刀をふるった。

振り上げざま、袈裟へ。

この斬撃を、右京が払うように受け流した。

キーン、という甲高い金属音がひびき、久保の刀身が流れ、勢い余って体勢がくずれた。この一瞬の隙を右京がとらえた。

踏み込みながら、鋭く切っ先を払った。

一瞬、久保の首が横にかしいだ。右京の一颯《いっさつ》が、久保の首筋を深く截断したのだ。

次の瞬間、久保の首筋から血が飛び散った。

久保は悲鳴も呻き声も上げなかった。血を撒きながらたたらを踏むように泳ぎ、爪先を何かにひっかけて俯《うつぶ》せに倒れた。

地面につっ伏した久保は、立ち上がろうとして這うように手足を動かしたが、それもいっときで、すぐに動かなくなった。首筋から流れ出た血が、地面を赤く染めながらひろがっていく。

右京は血刀をひっ提げたまま、横たわった久保のそばに歩を寄せた。双眸が底びかりし、顔が紅潮していた。唇も赤みを帯びている。人を斬った昂りで、体中の血が騒いでいるのだ。

……終わったな。

右京は胸の内でつぶやき、大きく息を吐いた。

しだいに紅潮が薄れ、いつもの表情のない顔にもどっていく。気の昂りが鎮まってきたのだ。

背後で走り寄る足音が聞こえた。市谷と伊沢である。ふたりの顔がこわ張っていた。凄絶な斬り合いを目の当たりにしたからであろう。

「片桐どの、お見事でござる！」

市谷が興奮した面持ちで言った。

「勝負は時の運……」

小声でそう言っただけで、右京は平兵衛に目を転じた。

平兵衛と鹿内は、まだ対峙していた。夕闇のなかで、ふたりは黒い塑像《そぞう》のように立っている。

すでに、ふたりは一合したらしく、平兵衛の着物の脇腹が裂けていた。鹿内の肩先にもかすかに血の色がある。ただ、ふたりともかすり傷を負っただけのようだ。

右京は血刀をひっ提げたまま平兵衛に歩を寄せた。

3

「手出し、無用」

平兵衛が突っ撥《ぱ》ねるように言った。

右京は、すぐに身を引いた。平兵衛の身辺には、近付きがたい威厳と戦いの壮絶さがあったのだ。

平兵衛は逆八相に構えていた。一方、鹿内は切っ先を右手にむけた下段である。虎の爪対霞籠手。ふたりの勝負は、これからのようだ。

鹿内は異様な顔をしていた。双眸が妖異を感じさせるようなひかりを帯び、唇が血をふくんだように赤かった。五年前の平兵衛との戦いが蘇り、気が昂《たかぶ》り血が滾《たぎ》っているのであろう。

ふたりの間合はおよそ五間。斬撃の間境からはまだ遠い。

……あと一寸。

平兵衛は胸の内でつぶやいた。

すでに、平兵衛と鹿内は一合していたが、そのとき平兵衛は虎の爪の初太刀を遠目からはなった。敵の顔面だけをとらえ、鹿内の切っ先をはずすための間合を読んで仕掛けたのである。

だが、平兵衛の切っ先は鹿内の顔面にとどかなかったばかりか、一瞬、鹿内が体をひねったために切っ先が肩先をかすめただけで流れた。

平兵衛は、あと一寸踏み込み足りなかったと感知した。むろん、それだけではない。さらに斬撃を迅くせねば、鹿内の顔面をとらえることはできないだろう。

平兵衛は妙光寺の境内で脳裏に描いた鹿内との対戦のときのことを思った。そして、鹿内の顔面を斬り裂いたときの間合と太刀ゆきの迅さを脳裏に浮かべたのである。

……一寸の寄り身が勝負を決する。

と、平兵衛は察知した。

平兵衛は全身に気勢を込め、斬撃の気配を見せた。鹿内は刺すような目で、平兵衛の動きを見つめている。

イヤアッ！

突如、平兵衛が裂帛の気合を発した。瞬間、全身に斬撃の気がはしった。虎の爪の起こりである。

いきなり、平兵衛が疾走した。五間の間を一気に身を寄せていく。刀身が夕闇を裂きながら、鹿内に迫る。

すかさず、鹿内が反応した。わずかに腰を沈め、斬り上げる体勢をとった。下段から平兵衛の脇腹へ斬り上げるのである。

平兵衛の刀身が斬撃の間境の手前で稲妻のようにはしった。

真っ向へ。

間髪をいれず、鹿内が斜に斬り上げた。

迅い！　霞籠手の太刀である。

平兵衛の切っ先が、鹿内の顔面を浅くとらえた。ほぼ同時に、鹿内の切っ先が平兵衛の着物の脇腹を裂き、空を切った。

……斬った！

平兵衛は頭のどこかで感知した。

次の瞬間、鹿内の額から鼻筋にかけて縦に血の線がはしり、血が噴いた。平兵衛の脇腹にも血の色が浮いた。鹿内の切っ先で、浅く皮肉を裂かれたのである。

つづいて、ふたりは擦れ違いざま二の太刀をはなった。

平兵衛は袈裟へ。鹿内は真っ向へ。

だが、ふたりの斬撃は肩先と横鬢《びん》をかすめて空を切った。間合が接近し、擦れ違いざまはなったため、相手をとらえることができなかったのだ。

ふたりは交差し、大きく間合を取って反転し、ふたたび逆八相と下段に構え合った。

鹿内の顔面が赤い布を張り付けたように真っ赤に染まっている。額から鼻筋を縦に裂かれ、流れ出た血が顔をおおったのだ。

鹿内の刀身が震えている。憤怒と興奮で、体が顫えているのだ。

「お、おのれ！」

鹿内が叫んだ。細い目がつり上がり、ひらいた口から牙のような歯が覗いている。まさに、夜叉のような形相である。

「とどめを刺してくれよう」

平兵衛は、刀を引くつもりはなかった。鹿内のような男は、命を断つまでが勝負なのである。

平兵衛は逆八相に構え、ふたたび斬撃の気配を見せた。虎の爪で仕留めるつもりだった。

鹿内は切っ先を右手にむけた下段に構えたまま、わずかに腰を沈めた。鹿内も脇腹を狙って斬り上げるつもりである。

た。

イヤアッ！

裂帛の気合を発し、平兵衛が疾走した。

一気に、斬撃の間境に迫る。まさに、虎の疾走を思わせるような迅さと迫力があった。

平兵衛は斬撃の間境に踏み込むや否や、斬り込んだ。

真っ向へ。凄まじい斬撃である。

だが、鹿内は脇腹を狙って斬り上げなかった。刀身を振り上げて、平兵衛の斬撃を受けたのである。顔面に傷を負ったために生じた恐怖心のせいで、咄嗟に体が反応したのだ。

ガチッ、という重い金属音がひびき、青火が散った。鹿内は平兵衛の斬撃を頭上で受けたのだ。

次の瞬間、鹿内の体がよろめいた。平兵衛の強い斬撃に押されて、腰がくだけたのである。

ヤアッ！

すかさず、平兵衛が二の太刀をふるった。

袈裟へ。虎の爪本来のするどい斬撃である。

平兵衛の刀身が鹿内の肩先に入った。にぶい骨音がし、刀身は鹿内の肩先から深く胸まで斬り込まれた。

肩から胸にかけて傷口がひらき、血がほとばしり出た。深い斬撃である。

鹿内は喉のつまったような叫び声を上げたが、すぐに倒れなかった。体を揺らしながらつっ立っている。噴出した血が、上半身を真っ赤に染めていく。顔の血とあいまって、まさに全身血まみれである。

鹿内は顔をゆがめ、獣の唸るように呻《うめ》き声を上げて立っていた。

ふいに、ひっ提げていた刀が足元に落ちた。同時に、鹿内の体が大きく揺れ、腰から沈むように転倒した。

鹿内は地面に仰向けになり、起き上がろうとして首をもたげて膝をまげようとしたが、すぐに首が落ちてしまった。

鹿内は動かなくなった。絶命したようである。肩口から流れ出た血が、夕闇のなかで何か別の生き物でもあるかのように妙に生々しく地面にひろがっていく。

平兵衛は、血刀をひっ提げたまま鹿内の脇に歩を寄せた。ひらいた傷口からまだ出血していたが、截断された鎖骨がわずかに見えた。その白い骨が、血のなかに猛獣の爪のように浮き上がっている。

……鹿内、やっとけりがついたな。

平兵衛は、鹿内に目をむけてつぶやいた。そして、死体の脇にかがむと、血塗れた来国光を鹿内の袂でぬぐった。

だいぶ暗くなり、濃い夕闇が鹿内の死体をつつんでいる。

「安田の旦那ァ！」

孫八の声が聞こえた。

振り返ると、孫八、俊造、嘉吉の三人が駆け寄ってくる。別の方向から、右京たちも足早に近寄ってきた。

孫八たちは、横たわっている鹿内を前にして立ちどまった。

「すげえや！」

俊造が目を剝いて言った。まだ、俊造は、平兵衛の虎の爪の傷跡を見たことがなかったのである。

「これが、噂に聞いた虎の爪か……」

市谷と伊沢も、驚いたような顔をして鹿内の死体に目をやっている。ふたりも、どこかで平兵衛の使う虎の爪のことを耳にしたようだ。

「旦那、腹の傷は？」

孫八が、平兵衛の脇腹に血の色があるのを目にとめて訊いた。

「なに、かすり傷だよ」

平兵衛はたいした傷でないと思った。放っておいても、血はとまるだろう。

「これで、始末がついたな」

平兵衛が、声をあらためて言った。

「いかさま。後は、われら目付の仕事でござる」

市谷や伊沢たちには、まだ鹿内や久保をあやつっていた黒幕をあばく仕事が残っているのだろう。だが、そのことは平兵衛たちにはかかわりのないことだった。

「四つ辻に、ふたりの死体を転がしておくわけにはいきませんよ」

右京が言った。

ふたりの死体は、すぐに夜陰につつまれ見えなくなってしまうだろうが、夜が明ければ大勢の人が目にするだろう。

「隠れ家まで、運んでおくか」

「そうしましょう」

右京が言った。

その場に居合わせた七人の男で、久保と鹿内の死体を隠れ家に運んだ。

平兵衛たちの去った四つ辻は、深い夜陰につつまれていた。惨劇を物語るのは、地面に残った血痕《けっこん》と大気にただよう血の匂いだけである。

4

平兵衛は着物の襟をひろげ、脇腹を覗いて見た。腹に巻いた晒《さらし》にかすかに血の色があった。ただ、新たに出血はしてないらしく、黒ずんでいた。

……血はとまったようだ。

平兵衛は、晒を撫でながらつぶやいた。痛みもほとんどない。

平兵衛たちが佐賀町で鹿内と久保を斬ってから、五日経っていた。平兵衛は鹿内を斬ったとき、脇腹を負傷した。そのときは、かすり傷だと思い、放っておいても治るだろうとみていた。ところが、思ったより傷は深く、なかなか血がとまらなかった。それで、晒を巻いておいたのである。

平兵衛は襟元をなおして立ち上がり、流し場から湯飲みと急須を持ってきた。火鉢にかけてある鉄瓶に湯が沸いていたので、茶を淹れようと思ったのである。

五ツ半（午前九時）ごろであろうか。腰高障子に初夏の強い陽射しが映じて、かがやいている。

そのとき、障子の向こうに足音が聞こえた。近付いてくる。聞き慣れた長屋の者の足音ではない。だれか来たようだ。

足音は戸口でとまった。ふたりだった。

「安田どのは、おられようか」

市谷の声だった。

「入ってくれ」

平兵衛が声をかけると、すぐに障子があいた。

顔を見せたのは、市谷と伊沢だった。ふたりは、黒羽織に袴姿で、二刀を帯びていた。御家人か小身の旗本といった格好である。

「狭いところでな。すまんが、上がり框にかけてくれ」

座敷に上げるより、その方が腰が落ち着くはずである。

「失礼いたす」

そう言って、市谷は腰から大刀を鞘ごと抜き、腰を下ろした。伊沢も同じように市谷の脇に腰を落ち着けた。

「ちょうど、茶を淹れようと思っていたところでな」

そう言って、平兵衛は立ち上がり、ふたりのために湯飲みを流し場から持ってきた。

平兵衛は急須で湯飲みに茶をつぎながら、

「よく、ここが分かったな」

と、訊いた。まだ、ふたりに住居のことは話してなかったはずである。

「一吉の吉左衛門どのに聞いたのです。……訪ねてもいいが、長屋の者に訊かれたら刀の研ぎの依頼に来たことにしてくれ、といわれましたよ」

市谷が笑みを浮かべて言った。

「わしの稼業は、研ぎ師だからな」

平兵衛はそう言って、茶をすすった。

「実は、三日後に、佐原さまの供で国許へ行くことになりましてね。江戸を発《た》つ前に、平兵衛どのに、その後のことをお伝えしようと思って伺ったのです」

市谷と伊沢の話によると、捕らえた塩沢が用人の河津庄蔵と久保たちとのかかわりをすべて話したという。

久保と大井は河津庄蔵の指図を受けて、安藤、波多野、青山の三人の暗殺を謀《はか》ったらしい。久保は、ふたりだけでは力不足なので、江戸勤番だったころ同門だった鹿内に金を渡して殺しを依頼し、さらに鹿内を通して伊之助と川島十郎も仲間にくわえたという。そうした金を用立てたのは、池野屋惣兵衛だそうだ。

「槍の片倉は？」

平兵衛が訊いた。

「片倉藤左衛門は、大井が斃されたために、河津庄蔵が、急遽国許より呼んだようです」

市谷が河津を呼び捨てにした。河津たちに対する憎しみは強いようだ。

「それで、佐原どのやそこもとたちが、急ぎ国許へ帰るわけは？」

平兵衛は、此度《こたび》の事件の処理のためであろう、と推測したが、話が急である。

「殿の沙汰《さた》をあおぐためです」

市谷によると、波多野が江戸における事件の経緯と河津庄蔵や久保たちのかかわりの子細を上申書に認《したた》めたという。その上申書に添え、塩沢が自白したことを口上書にまとめて、国許に持参するそうである。

「そうか」

どのような沙汰が言い渡されるのか、平兵衛はそれほど関心はなかった。依頼された殺しを確実に果たすのが、平兵衛や右京の仕事だった。宇津藩の家中のことは、平兵衛たちには何のかかわりもないのである。

「おそらく、河津庄蔵には厳しい沙汰が下されるでしょう」

市谷によると、河津庄蔵は減封や隠居では済まず、切腹や改易《かいえき》もあるのではないかという。

改易は武士の身分を奪われ、俸禄《ほうろく》も家、屋敷も没収される。武士の身分を奪われ、生きる糧《かて》を失うのだから、武士にとっては切腹に匹敵するほどの厳罰であろう。ただ、国許で隠居している宗兵衛の場合は、いまのところ、久保や大井とどの程度かかわったのかはっきりしないので、場合によっては減封ぐらいで済むかもしれないという。

「池野屋は？」

平兵衛が訊いた。

「はたして、どうなるか……。惣兵衛を捕らえて処罰するわけにもいきませんので、今後いっさい池野屋とかかわりを断つことぐらいしか手はないかもしれません。……ただ、池野屋としては河津たちの求めに応じて出した金が、すべて無駄になったわけですから、つまらぬ籤《くじ》を引いたわけです」

市谷の物言いは曖昧《あいまい》だった。池野屋のことについては、まだどうなるか分からないのだろう。

「そうだな」

平兵衛は冷めた茶をすすった。

それから、小半刻（三十分）ほど話すと、市谷と伊沢は腰を上げた。

「すぐ、江戸にもどります。そのとき、また挨拶《あいさつ》に寄らせていただきますから」

そう言い残し、腰高障子をあけて戸口から出ると、初夏の陽射しのなかを、こちらにむかって歩いてくる男女の姿が見えた。

右京とまゆみである。

右京は市谷たちと顔を合わせると、戸惑うような表情を浮かべた。そして、ちいさく頭を下げたが、何も言わなかった。

市谷の口から、右京の名が出かかったが、慌てて呑み込んだ。右京と平兵衛の態度から、知り合いではないふりをしなければまずい、と気付いたようだ。

市谷と伊沢は右京にちいさく頭を下げただけで、路地木戸の方へ歩きだした。

ふたりの姿が遠ざかると、まゆみが、

「父上、いまのおふたりは？」

と怪訝な顔をして訊いた。見慣れぬ武士が、ふたりも平兵衛の家から出てきたからであろう。

「い、いや、おふたりは、刀の研ぎを頼みに来たのだ」

平兵衛が声をつまらせて言った。

「そうなの」

まゆみは、それ以上訊かなかった。御家人や小身の旗本が、刀を持参して研ぎを頼みに来ることもあったので、それほど不審には思わなかったらしい。右京が、知らぬふりをしてくれたので、うまくごまかせたようだ。

「入ってくれ。ちょうど、茶を淹れたところでな」

まだ、湯をつげば、ふたり分ぐらいなんとかなるだろう。

平兵衛は右京とまゆみを家のなかに入れると、さっそく火鉢のそばに行き、鉄瓶の湯を急須についだ。

そして、まゆみと右京の湯飲みを流し場から持ってきて急須でつぎながら、

「ところで、何かあったかな」

と、訊いた。ふたりそろって長屋に来ることは、めずらしかったのだ。

「いえ、用というわけではないのですが、亀戸《かめいど》の藤が見頃だと聞いたので、どうかと思って……」

右京が、声をつまらせて言った。いつも表情を変えない右京が、めずらしく顔を赤らめ、はにかむような顔をしている。

亀戸天神は、名物の太鼓橋《たいこばし》とともに藤の名所として知られていた。藤の花の季節になると、大勢の遊山客が集まるところである。

すると、まゆみが身を乗り出すようにして、

「右京さまが、父上もいっしょに藤を観に行かないかって言ってくれたの」

と、目をかがやかせて言った。

右京はちかごろ家をあけ、まゆみをひとりにすることが多かった。それで、罪滅ぼしの気持ちもあって、遊山に誘ったのだろう。それに、殺し料が入ったので、ふところもあたたかいはずである。

「それは、楽しみだ」

平兵衛は目を細めた。

妙に浮き立った気持ちになり、右京とまゆみが、急に身近な存在に思われた。平兵衛の胸に、藤の花ではなくまゆみの嬉しそうな顔と右京のはにかんだ顔が浮かび上がった。

血闘ヶ辻

一〇〇字書評

切・り・取・り・線

購買動機（新聞、雑誌名を記入するか、あるいは○をつけてください）

□（　　　　　　　　　　　　　　）の広告を見て
□（　　　　　　　　　　　　　　）の広告を見て
□ 知人のすすめで　　　□ タイトルに惹かれて
□ カバーが良かったから　　　□ 内容が面白そうだから
□ 好きな作家だから　　　□ 好きな分野の本だから

・最近、最も感銘を受けた作品名をお書き下さい

・あなたのお好きな作家名をお書き下さい

・その他、ご要望がありましたらお書き下さい

住所	〒				
氏名		職業		年齢	
Eメール	※携帯には配信できません		新刊情報等のメール配信を 希望する・しない		

この本の感想を、編集部までお寄せいただけたらありがたく存じます。今後の企画の参考にさせていただきます。Eメールでも結構です。

いただいた「一〇〇字書評」は、新聞・雑誌等に紹介させていただくことがあります。その場合はお礼として特製図書カードを差し上げます。

前ページの原稿用紙に書評をお書きの上、切り取り、左記までお送り下さい。宛先の住所は不要です。

なお、ご記入いただいたお名前、ご住所等は、書評紹介の事前了解、謝礼のお届けのためだけに利用し、そのほかの目的のために利用することはありません。

〒一〇一‐八七〇一
祥伝社文庫編集長　加藤　淳
電話　〇三（三二六五）二〇八〇
bunko@shodensha.co.jp

祥伝社ホームページの「ブックレビュー」からも、書き込めます。
http://www.shodensha.co.jp/bookreview/

上質のエンターテインメントを！　珠玉のエスプリを！

祥伝社文庫は創刊十五周年を迎える二〇〇〇年を機に、ここに新たな宣言をいたします。いつの世にも変わらない価値観、つまり「豊かな心」「深い知恵」「大きな楽しみ」に満ちた作品を厳選し、次代を拓く書下ろし作品を大胆に起用し、読者の皆様の心に響く文庫を目指します。どうぞご意見、ご希望を編集部までお寄せくださるよう、お願いいたします。

二〇〇〇年一月一日　祥伝社文庫編集部

祥伝社文庫

血闘《けっとう》ヶ《が》辻《つじ》　闇《やみ》の用心棒《ようじんぼう》

平成二十二年七月二十五日　初版第一刷発行

著者　鳥羽《とば》亮《りょう》

発行者　竹内和芳

発行所　祥伝社
東京都千代田区神田神保町三－六－五
九段尚学ビル　〒一〇一－八七〇一
電話　〇三（三二六五）二〇八一（販売部）
電話　〇三（三二六五）二〇八〇（編集部）
電話　〇三（三二六五）三六二二（業務部）
http://www.shodensha.co.jp/

印刷所　萩原印刷

製本所　ナショナル製本

カバーフォーマットデザイン　中原達治

ISBN978-4-396-33599-1 C0193

祥伝社文庫の好評既刊

鳥羽 亮
狼の掟
闇の用心棒

地獄屋の殺し人が何者かに狙われた!? 縄張を奪おうとする悪名高き殺し屋との、全面戦争が始まる――。

鳥羽 亮
鬼哭《きこく》の剣
介錯人《かいしやくにん》・野晒《のざらし》唐十郎

将軍家拝領の名刀が、連続辻斬りに使われた？ 事件に巻き込まれた唐十郎の血臭漂う居合斬りの神髄！

鳥羽 亮
妖《あやか》し陽炎《かげろう》の剣
介錯人・野晒唐十郎

大塩平八郎の残党を名乗る盗賊団、その陰で連続する辻斬り…小宮山《こみやま》流居合の達人・野晒唐十郎を狙う陽炎の剣！

鳥羽 亮
妖鬼飛蝶の剣
介錯人・野晒唐十郎

小宮山流居合の奥義・鬼哭の剣を封じる妖剣〝飛蝶の剣〟現わる！ 野晒唐十郎に秘策はあるのか!?

鳥羽 亮
双蛇《そうじや》の剣
介錯人・野晒唐十郎

鞭の如くしなり、蛇《くちなわ》の如くからみつく邪剣が、唐十郎に襲いかかる！ 疾走感溢れる、これぞ痛快時代小説

鳥羽 亮
雷神の剣
介錯人・野晒唐十郎

盗まれた名刀を探しに東海道を下る唐十郎に立ちはだかるのは、剣を断ち、頭蓋まで砕く「雷神の剣」だった。

祥伝社文庫の好評既刊

鳥羽　亮
死化粧　介錯人・野晒唐十郎
闇に浮かぶ白い貌に紅をさした口許。秘剣下段霞を遣う、異形の刺客石神喬四郎が唐十郎に立ちはだかる。

鳥羽　亮
必殺剣虎伏《とらぶせ》　介錯人・野晒唐十郎
切腹に臨む侍が唐十郎に投げかけた謎の言葉「虎」とは何か？　鬼哭の剣も及ばぬ必殺剣、登場！

鳥羽　亮
眠り首　介錯人・野晒唐十郎
相次ぐ奇妙な辻斬りは唐十郎を陥《おとしい》れる罠だった！　刺客の必殺剣「鬼疾風《おにはやて》」対「鬼哭の剣」。死闘の結末は？

鳥羽　亮
双鬼《ふたおに》　介錯人・野晒唐十郎
最強の敵鬼の洋造に出会った孤高の介錯人狩谷唐十郎の、最後の戦いが始まった！　「あやつはおれが斬る！」

鳥羽　亮
さむらい　青雲の剣
極貧生活の母子三人、東軍流剣術研《とうぐんりゅうけんじゅつけん》鑽《さん》の日々の秋月信介《あきづきしんすけ》。待っていたのは父を死に追いやった藩の政争の再燃。

鳥羽　亮
さむらい　死恋の剣
浪人者に絡まれた武家娘を救った一刀流の待田恭四郎。対立する派の娘と知りながら、許されざる恋に……。

祥伝社文庫の好評既刊

鳥羽 亮
必殺剣「二胴《ふたつどう》」
お家騒動に巻き込まれた小野寺佐内の仲間が次々と剛剣「二胴《ふたつどう》」に屠《ほふ》られる。佐内の富田流居合に秘策は？

鳥羽 亮
覇剣 武蔵と柳生兵庫助
時代に遅れて来た武蔵が、新時代に覇を唱える柳生新陰流に挑む。かつてない視点から描く剣豪小説の白眉。

藤井邦夫
素浪人稼業
神道無念流の日雇い萬稼業・矢吹平八郎。ある日お供を引き受けたご隠居が、浪人風の男に襲われたが…。

藤井邦夫
にせ契《ちぎ》り 素浪人稼業
素浪人矢吹平八郎は恋仲の男のふりをする仕事を、大店の娘から受けた。が娘の父親に殺しの疑いをかけられて…

藤井邦夫
逃れ者 素浪人稼業
長屋に暮らし、日雇い仕事で食いつなぐ、萬稼業の素浪人・矢吹平八郎。貧しさに負けず義を貫く！

藤井邦夫
蔵法師 素浪人稼業
蔵番の用心棒になった矢吹平八郎。雇い主は十歳の娘。だが、父娘が無残にも殺され、平八郎が立つ！

祥伝社文庫の好評既刊

藤井邦夫 **命懸け**

大藩を揺るがす荷届け仕事!? 金一分で託された荷の争奪戦。包囲された平八郎の運命やいかに!

火坂雅志 **柳生烈堂《やぎゅうれつどう》** 十兵衛を超えた非情剣

衰退する江戸柳生家に一石を投じるべく僧衣を脱ぎ捨てた柳生烈堂。柳生一門からはぐれた男の苛烈《かれつ》な剣。

火坂雅志 **柳生烈堂血風録** 宿敵・連也斎の巻

十兵衛亡きあとの混迷の江戸柳生を再興すべく、烈堂は、修行の旅に。目指すは、沢庵和尚《たくあんおしょう》の秘奥義《おうぎ》。

火坂雅志 **柳生烈堂** 対決・服部半蔵

柳生新陰流の極意を会得した烈堂が兄・宗冬の秘命を受け、幕府転覆を謀《はか》る忍びの剣に対峙する!

火坂雅志 **柳生烈堂 秘剣狩り**

骨喰《ほねばみ》藤四郎、巌《いわお》通し、妖刀村正…名刀に隠された秘密とは? 〝はぐれ柳生〟烈堂の剣が唸《うな》る名刀探索行!

火坂雅志 **柳生烈堂 無刀取り**

烈堂に最強の敵が現われた。〈神の剣〉を操る敵を前に、烈堂は開祖・石舟斎の〈無刀〉の境地に挑む!